간은 파도는
다시 오지 않아

같은 파도는 다시 오지 않아

펴 낸 날 | 2022년 8월 15일 초판 1쇄

지 은 이 | 김은정
펴 낸 이 | 이태권

책임편집 | 윤주영
북디자인 | 고현정
펴 낸 곳 | 소담출판사
　　　　　　서울특별시 성북구 성북로5길 12 소담빌딩 301호 (우)02880
　　　　　　전화 | 02-745-8566   팩스 | 02-747-3238
　　　　　　등록번호 | 1979년 11월 14일 제2-42호
　　　　　　e-mail | sodambooks@naver.com
　　　　　　홈페이지 | www.dreamsodam.co.kr

ISBN　　　979-11-6027-444-8 03810

같은 파도는
다시 오지 않아

김은정 지음

소담출판사

차 례

즐기는 사람은 더 오래,
더 멀리까지 갈 수 있다

지붕은 해가 맑을 때
수리하는 거야

천천히 뛰어들고
천천히 떠오르기

삶에서 모든 걸 가지고
태어나는 사람은 없다

무언가를 좋아함으로써
비로소 보이는 작은 세계

즐기는 사람은 더 오래,
더 멀리까지 갈 수 있다

이방인의 삶

내 길고 긴 타국 생활의 시작이었다.
이방인으로서의 삶이, 이제 시작되었다.

 고등학생 때였다. 그날은 여느 날과 다르지 않았다. 학교에 갔고, 단짝 친구와 매점에서 보름달 빵과 초코 우유를 사 먹었고, 화학 선생님 수업은 여전히 지루했고, 대입이 얼마 남지 않았다는 틀에 박힌 잔소리를 들었다. 그러니까 우리 삶에서 불행한 일이 일어날 때 드라마에서 보여 주는 그런 조짐은 없었다. 까마귀가 날아가지도 않았고, 등굣길에 검은 고양이를 본 것도 아니었으며, 컵을 깨뜨리지도 않았다. 지독히 평범한 일상이 오히려 답답하게 느껴지는 하루였다. 수업이 끝나 집에 도착하기 전까지는.

 "다녀왔습니다."

집 문을 열었을 때 어지러운 집 안에서 먼저 보인 건 곳곳에 붙은 빨간 딱지였다. 빚을 갚지 않았을 때 소유자의 재산에 대한 가압류를 표시하는 빨간 딱지. 그걸 실제로 본 건 처음이었다. 하루 아침에 집이 망해 집 안 곳곳에 빨간 딱지를 붙이는 건 드라마에서나 일어나는 일 아닌가. 그런 일이 우리 집에서 일어나고 있었다. 내가 아끼는 피아노에도, 아버지가 선물해 준 카세트 테이프에도, 주방에 늘어선 쌀 포대에도 빨간 딱지가 붙어 있었다.

'이 물건을 압류합니다. 위 압류 표시를 파기하거나 무효케 하는 자는 형벌을 받게 됩니다.'

나는 피아노 건반 덮개에 붙은 딱지를 읽어 보았다. 딱지는 건반 덮개를 여는 부분에 붙어 있어, 덮개를 열면 떨어질 것 같았다. 이 피아노는 이제부터 내 거야. 넌 손댈 수 없어. 그 작은 종이가 그렇게 말하는 것 같았다. 카세트도 마찬가지였다. 테이프를 넣는 곳에 종이가 단단히 붙어 있었다. 어머니가 아끼던 소파에도, 선물 받은 그림에도, 내가 직접 고른 책상에도 어김없이 딱지가 붙었다.

"어떻게 된 거예요?"

"집이 경매에 넘어갔어."

엉망인 집에 정물처럼 앉아 있던 어머니는 보증을 잘못 섰다고 말했다. 당시에는 보증을 잘못 서서 재산을 크게 잃는 일이 많았다. 지금은 보증의 위험성이 잘 알려져서 아무나 함부로 보증을 서 주지 않지만, 그때는 사업을 하다 보면 가족이 아니더라도 서로 보증을 서 주는 일이 흔했다.

우리 집은 가정 형편이 어렵지 않았다. 아버지는 KBS 기자였고, 어머니는 임대업을 했다. 기자의 권력이 강하던 시절이라 아버지는 어디서든 대접 받았다. 아버지는 어디 갈 때마다 내 손을 잡고는 무엇이 갖고 싶냐고 물었다. 나는 경제적인 어려움 없이 어린 시절을 보냈다.

'대학은 어떻게 되는 거지?'

빨간 딱지가 팔랑거리는 내 방에 멍하니 앉아 있다 보니, 덜컥 내 미래에 대한 걱정이 앞섰다. 사람은 불행에 빠져야 비로소 자기가 누군지 생각해 보게 된다. 집안 사정도 걱정이었지만, 내가 걸어가야 할 길에 조명이 꺼진 기분이었다. 저 끝까지 가로등 불이 켜져 있을 줄 알았는데 골목을 돌아보니 어둠뿐이었다. 지금 성적이라면 안정적으로 목표한 대학에 갈 수 있을 줄 알았다. 등록금을 낼 수 있을까 생각해 보게 될 줄은 몰랐다. 장학금을 받고 대학에 가려면 내가 가고 싶은 대학보다 덜 유명한 곳을 선택해야 했다. 대학에만 가면 자유로워질 수 있을 줄 알았는데. 왜 지금, 꼭 지금 이런 일이 일어난 걸까? 모든 불행 중에서 최대의 불행은 옛날에 행복했던 것이라는데. 신이 내 삶의 가장 결정적인 순간에 장난을 치는 것만 같았다.

어릴 때부터 부모님은 엄격하고 보수적이었다.

'넌 잘난 부모님을 닮아야지.', '넌 말 잘 듣는 착한 아이잖아.' 처음엔 칭찬을 받는 게 좋아서, 그다음에는 실망시키고 싶지 않아서, 그다음에는 잘하지 않으면 사랑받지 못할 것 같아서 열심히 했다. 공부도 잘하면서 부모 속 썩이지 않는 눈치 빠른 아이가 되었다. 어른의 눈을 가진 아이에게는 상처가 보인다. 부모님이 다른 사람에게 나를 자랑할수록, 나는 우쭐하면서도 짓눌렸다. 앞으로도 잘해야 하니까. 나는 그 흔하다는 사춘기도 겪지 않았다.

그렇게 자라다 보니 마음속에는 부모님으로부터 벗어나고 싶다는 갈망이 생겼다. 대학에 가는 건 그런 내가 자유로운 세상으로 나가는 첫 발자국이었다. 그런데 집이 이렇게 된 이상, 대학에 갈 수 있을지조차 알 수 없었다.

지금 같은 성격이었다면 나는 아르바이트를 해서라도 내가 원하는 대학의 등록금을 벌었을 것이다. 그 후에는 공부해서 장학금을 타든, 과외를 해서 등록금을 대든 이 어려움을 직접 헤쳐 나가려는 의지와 자신감이 불타올랐을 것이다. 그러나 그때는 카페에서 서빙을 한다거나, 경양식집에서 아르바이트를 할 생각은 하지 못했다. 부모님은 젊은 여자가 아르바이트로 돈을 버는 것을 못마땅하게 여겼고, 제대로 된 직장을 잡기 전에 세상에 나가 돈을 버는 일은 교육적으로 좋지 못한 일이라고 생각했다. 그런 부모님 밑에서 자란 나도 그런 일을 하게 되면 내가 이제까지 스스로 지켜오던 것을 포기하는 것처럼 느껴졌다. 지금 생각하면 우습지만 당시에는 그게 당연한 줄 알았다.

엄격한 가부장제에 푹 젖어 있던 아버지는 심지어 남자가 집에 따라오면 호적에서 파 버릴 거라 엄포를 놓았다.

"남자가 말을 거는 게 내 잘못은 아니잖아요."

"남자는 빈틈이 없는 여자에게는 절대 시간도 돈도 쓰지 않아."

"저는 빈틈 보이는 사람이 아닌데요."

"남자는 오해를 잘하는 생명체야. 너는 실수로 손수건을 떨어뜨렸을지 몰라도, 뒤에 따라오던 남자는 네가 좋아서 일부러 떨어뜨렸다고 생각할 수 있어. 소지품 관리도 잘해."

아버지는 정숙한 여자라면 빨간 구두를 신지 않는다고 말하기도 했다. 전근대적인 사고지만 나는 스스로를 방어할 힘도 용기도 없었다. 그 작은 세계 안에서 그게 당연한 줄 알고 살았다.

우리 집은 경제적으로 당분간 다시 일어나지 못했고, 결국 나는 장학금을 주는 대학으로 진학했다. 그 결정을 하면서 솔직히 부모님이 미안해하실 줄 알았는데, 그들도 본인 삶을 챙기느라 정신이 없었는지 그런 기색도 없었다. 논어에도 이런 말이 나온다. 가난하면서 원망하지 않는 것은 어려운 일이고, 부유하면서 교만하지 않는 것은 쉬운 일이다.

'내 앞길을 막고서는 미안하다는 말도 없구나.' 어린 마음에 부모님께 그런 게 다 서운했다. 부모님에게서 벗어나 자유롭게 살고 싶다는 마음은 점점 내게 일에 대한 욕심을, 특히 해외에서 일해 보고 싶다는 꿈을 불어넣어 주었다. 승무원이 되고 싶었지만 부모님은 서비스업은 네가 웃고 싶을 때 웃을 수 있는 직업이 아니라며 반대하셨다.

나는 영어와 일어, 중국어에 능통하다는 장점을 살려 해외에서 일할 기회가 있는 회사에 취업했다. 기회를 틈타 해외 지사로 나가고 싶었지만 결혼하지 않은 여자 혼자서 나갈 분위기가 아니었다. 마침 같은 직장을 다니는 남자를 만나게 되었다. 나는 결혼만이 외국으로 나갈 수 있는 유일한 방법이라고 믿었다. 만난 지 세달이 되지 않았을 때지만 나는 그가 내 운명이라 믿었다. 그와의 결혼으로 마침내 나는 중국으로 나갈 수 있었다. 내 길고 긴 타국 생활의 시작이었다. 이방인으로서의 삶이, 이제 시작되었다.

불가능해 보이는 꿈을 좇기

가슴 뛰는 일을 한다는 건
삶의 평균 행복 값이 올라가는 일이다.

내가 어릴 적에 아버지는 해외 출장이 잦았다. 집을 비우는 게 미안하셨는지 집으로 돌아올 때마다 나를 위해 인형이나 장난감을 사 오곤 하셨다. 미키 마우스와 미니 마우스 인형, 톰과 제리가 그려진 필통, 뽀빠이 아저씨 가방, 걸을 때마다 삑삑 소리가 나곤 했던 도날드 덕 신발 같은 것이 기억난다.

당시에는 해외 캐릭터가 우리나라에 많이 알려지지 않아서 나는 각각의 캐릭터에 입혀진 내용을 알지 못했다. 대신 내 마음대로 상상력을 발휘해 이야기를 만들고, 인형을 가지고 놀았다. 미키와 미니는 항상 다정하게 함께 있으니 좋은 친구 사이일 거야.

우리 엄마 아빠처럼 부부인가?

　어른이 되고 나서야 어릴 때 내가 가지고 놀던 캐릭터들에 저마다의 스토리가 있다는 걸 알았다. 1918년에 탄생한 영리하고 호기심 많고 때로는 엉뚱하기도 한 미키 마우스는 친구들 중에 리더다. 미니 마우스는 미키 마우스의 여자 친구이며, 블랙 피트는 미키 마우스의 라이벌이다. 일본의 유명 캐릭터 헬로 키티에도 그만의 스토리가 있다. 키티는 런던에 살고 있는 씩씩하고 착한 소녀다. 쿠키 굽는 것과 피아노 치는 것을 좋아하며 언젠가 시인이나 피아니스트가 되고 싶어 한다. 키티는 쌍둥이 동생 미미와 단짝이다. 1970년에 일본의 SF 애니 캐릭터로 탄생한 도라에몽에게도 재밌는 서사가 있다. 진구가 남긴 빚이 고손자 시대까지 남아서 곤란해진 미래의 진구 가족들을 위해, 22세기의 로봇 도라에몽이 과거로 돌아와 진구와 함께 살게 된 것이다. 도라에몽은 주머니에서 신비하고 재밌는 도구를 꺼내 진구를 도와주고 친구가 된다. 도라에몽 덕에 진구의 미래는 조금씩 밝아진다.

　어릴 때 가지고 놀던 캐릭터 인형들의 이야기를 알게 되는 일은 어른이 되어서도 즐거웠다. 작고 귀여운 외모는 그대로지만 그들도 나와 함께 나이가 들어 간다. 어른이 된 나는 더 이상 인형을 가지고 역할 놀이를 하지는 않지만, 어릴 적 나의 친구들이었던 캐릭터들과 나란히 나이를 먹으며 함께 일하고 싶다는 꿈을 가지게 되었다.

그러니 대학을 졸업하고 나서, 한 회사에서 캐릭터 관련 무역, 디자인과 개발 업무를 담당할 사람을 찾는다는 소식을 들었을 때 설렐 수밖에 없었다. 소위 말하는 덕업일치를 이룰 기회, 성덕이 될 기회였다.

"좋아하는 일을 직업으로 삼으면 그 일이 싫어지지 않아?"

"취미는 취미로만 남겨 두라는 이야기가 있잖아."

좋아하는 일을 업으로 삼는 사람에게는 가끔 이런 조언이 따라온다. 물론 좋아하는 일로 돈을 벌게 되었을 때의 단점이 없는 것은 아니다. 일상에서도 계속 일을 생각해서 일과 개인의 삶이 뒤섞여 버리기도 하고, 남들보다 과도하게 열정을 태워 쉽게 피로해지기도 한다. 그럼에도 나는 마음을 줄 수 있는 일을 업으로 삼는 게 좋았다. 직업이란 하루 중 가장 많은 시간을 투자해야 하는 일인데, 그때 내가 애호하는 일을 할 수 있다는 것은 큰 기쁨이었다. 게다가 자연스럽게 남들보다 잘할 수도 있게 된다.

공자의 논어 옹야편에 이런 말이 나온다.

"지지자知之者는 불여호지자不如好之者요, 호지자好之者는 불여낙지자不如樂之者니라."

"(하는 방법만) 아는 자는 좋아하는 자만 못하고, 좋아하는 자는 즐기는 자만 못하다."

공자는 무엇보다 즐기는 자를 으뜸으로 생각했다. 즐기는 사람은 노력하는 일을 고되게 여기지 않기에, 더 오래 더 멀리까지 갈 수 있다. 나는 캐릭터 디자인과 개발 업무를 진심으로 즐겼다.

캐릭터에 대한 애정이 넘치다 보니 일상 속에서도 아이디어가 샘솟았다.

"캐릭터 헤어밴드는 늘 뻑뻑하고 불편했던 기억이 있어. 이 점을 좀 개선하면 어떨까?"

"그 캐릭터는 예전 에피소드에서 이 캐릭터와 경쟁했던 적이 있어. 이 두 캐릭터를 엮어서 상품을 개발하면 어떨까?"

회사에는 남자 직원들도 있었지만 캐릭터에 깊은 애정을 가진 사람 중엔 여자가 다수였다. 그 당시에는 아이디어를 내기보다는 우리 회사에 의뢰 들어온 것을 그대로 만들어 주는 ODM*이 대부분이었다. 그런 상황에서 캐릭터를 사랑하는 이들의 아이디어가 빛

---

* 본사에서 제품을 연구·개발하여 하청 업체에 생산을 위탁하는 방식

났다. 나의 경우에는 내가 거래처에 적극적으로 의견을 어필하는 편이었다. 예를 들면, 노다메 칸타빌레라는 니노미야 토모코의 순정 만화에 대한 제품을 개발할 일이 있었다. 노다메 칸타빌레는 일본에서는 초판만 100만 부 이상 팔려 나갔던 굉장히 성공한 작품이다. 우리나라에서도 '내일도 칸타빌레'라는 드라마로 제작될 정도였다. 음악 대학 피아노과의 천재 괴짜 여학생 노다 메구미와 잘생기고 실력도 뛰어난 치아키가 주인공이다. 우리 회사에서는 그 캐릭터로 제품을 만들고 있었다. 나는 이 캐릭터 제품에 뭔가 차별화를 두고 싶었다.

'제품을 눌렀을 때 음악이 나오면 좋을 텐데. 그런 제품은 많잖아. 뭔가 더 좋은 아이디어가 있을 것 같아.'

마침 나의 지인 중에 클래식 음악이 나오는 어린이용 바이올린을 만드는 사람이 있었다. 그에게 미니어처로 제작 가능한지를 물었고, 흔쾌히 수락한 지인 덕분에 시제품을 만들 수 있었다. 결과는 성공적이었다.

작품에 나왔던 음악을 연주하는 캐릭터는 큰 인기를 끌었고, 그해 많이 팔린 캐릭터 제품 중에 손꼽히는 작품이 되었다. 물론 이런 아이디어가 대단히 특별한 것은 아니지만, 제품에 애정을 가지고 보면 다른 회사보다 한발 빠르게 대응할 수 있다. 어떤 캐릭터가 유명해질지도 남들보다 빨리 눈치채고 준비하게 되었다.

좋아하던 일을 직업으로 삼을 수 있었던 나는 꽤 행운아인 편이다. 그러나 나의 경험이 어떤 사람에게는 도움이 될 수도 있겠지만, 누군가에게는 사치처럼 여겨질 수 있겠다는 염려도 있다. 특히 부모 세대보다 가난하다는 첫 번째 세대, 경제 성장의 기울기가 완만해진 시대에 태어난 이들, 취업의 문이 갈수록 좁아져 아르바이트조차 힘들다는 청년들에게 말이다. 심지어 자기가 무엇을 좋아하는지도 모르는 경우도 있다.

"좋아하는 일을 하라고요? 그러다 굶어 죽으면 어떡해요?"

취업의 문이 좁아진 시대지만, 대신 N잡의 기회나 수입 구조의 다변화가 가능한 요즘이다. 좋아하는 일을 하면서 수입의 파이프라인을 새로 만든다면 좋아하는 일로 안정적인 수익을 얻기까지 시간을 벌 수 있다. 예를 들어 회사에서 여러 기획서를 만드는 사람이 있다고 하자. PPT도 직접 만들어야 하고, 기획안이나 보고서 작성에도 도가 텄다. 이런 사람은 PPT를 잘 만드는 법이나, 프로젝트 매니지먼트의 꿀팁 같은 것들을 정리해서 플랫폼에 판매하거나 유튜브를 시작해 볼 수도 있다.

자료를 취합해서 출간하는 것도 방법이다. 하나의 일에서 시작해, 여러 수익 창출의 갈래를 만들어 내는 일이다. 음악을 하는 사람이라면, 한 번에 뜰 생각을 하는 것보다 유튜브 등의 플랫폼에 자기 콘텐츠를 천천히 알리는 걸 권하고 싶다. 구독자 1,000명을 달성해야 수익이 생기고, 그 1,000명을 얻는 것이 쉽지 않다는 것도 안다. 그러나 일단 시작하자. 자신을 드러내면 세상이 먼저 알고 연락을 준다. 구독자가 늘면서 소액이지만 수익이 들어오기도 한다. 물론 하고 싶은 일을 하기 위해 해야만 하는 일을 견뎌야 할 때도 있다. 그러나 목적 없이 괴로움을 견디는 일과, 뚜렷한 목표를 위해 지금을 참는 자세에는 큰 차이가 있다.

강산도 변한다는 10년. 그 시간을 거의 세 번 가까이 반복할 동안 나는 이 업계에 있었다. 그래도 나는 여전히 이 일이 좋다. 가슴이 뛰는 일을 한다는 건 삶의 평균 행복 값이 올라가는 일이다. 언젠가 나만의 캐릭터를 개발해 보고 싶다는 꿈도 있다. 시간이 흘러도 여전히 일과 관련하여 이루고 싶은 목표가 있다.

미키 마우스와 미니 마우스로 엄마 아빠 역할 놀이를 하던 소녀는, 자라서 캐릭터를 개발하고 제품을 디자인 및 제작하는 사업가가 되었다. 미키 마우스를 만든 월트 디즈니는 꿈을 이루고

자 하는 용기만 있다면 누구나 모든 꿈을 이룰 수 있다고 믿었다. 당신에게는 어떤 일이 즐거울까? 당신은 꿈을 이룰 용기가 있을까?

즐기는 사람은 더 오래, 더 멀리까지 갈 수 있다

부러움은 결과에서 오고,
존경은 과정에서 온다

어떤 일을 하느냐보다,
그 일을 어떤 자세로 하느냐가 행복을 가르는 기준이었다.

'검색어를 입력하세요 WWW'라는 드라마는, 평소 텔레비전을 잘 보지 않던 내 눈길을 끌었다.

직장 생활을 하는 여자들의 워맨스를 보여 주는 콘텐츠였기 때문이다. 일하는 여자들의 우정이라니! 내가 처음 회사 생활을 할 때만 하더라도, 지금처럼 사내 여자 직원 비율이 높지 않았다. 그래서인지 IT 회사에서 일어나는 구체적인 사건들과, 성공을 위해 야망을 품고 경쟁하고 성장하는 여자들의 모습이 퍽 보기 좋았다.

드라마 속 마흔여덟의 홍주는 이렇게 말한다.

"내가 옳은 방향으로 살고 있다 자부해도 한 가지는 기억하자. 나도 누군가에게 개새끼일 수 있다."

사회에 나와 일을 시작한 지 30년이 가까워 온다. 지금 나는 스스로 좋은 리더라는 자신감을 가지고 있지만, 자신감과 자만은 한 끗 차이다. 스스로를 의심할 줄 아는 인간만이, 그리하여 계속 노력하는 인간만이 좋은 사람이 될 수 있다고 나는 믿는다. 그러니 어쩌면 나도 회사에서 누군가에게는 나쁜 사람이었을 수 있다. 지금은 아니더라도 분명 언젠가 한번은 그런 사람이었을 것이다.

신입 사원 때 나는 여자로서는 유일하게 중국으로 발령을 받았다. 나만큼 중국어에 능통한 사람이 많지 않은 덕분이었다. 나는 무역부에서 바이어와 커뮤니케이션을 하면서 디자인 개발 및 공장 모니터링, 출하 후 사후 관리까지 오더의 전체를 아우르는 업무를 맡고 있었다. 중국 지사는 아직 체계가 단단하게 잡히지 않아서, 맡은 업무와 상관없이 거의 모든 일을 다 해내야 했다. 디자인도 보고, 공장에 가서 거래처 물건도 확인하고, 품질 검사를 위한 조사도 했다. 소위 화이트칼라가 그런 일을 한다고 하면 사람들은 왜 그 업무를 거절하지 않는지 이해할 수 없다는 반응을 보이지만, 나는 신입 사원 때부터 공장이 좋았다. 아무것도 아니었던 재료들이 조합되어 가방도 되고 인형도 되는 것이 퍽 신기했다. 그래서인지 나만큼 공장에 자주 드나드는 사원도 없었다.

한번은 거래처에 제품을 확인하러 갔다. 거래처에는 한국 사람들이 있었고, 나는 오랜만에 본 한국인들이 반갑고 믿음직스러웠다. 게다가 현장에서 잔뼈가 굵은 중년의 아저씨들이었기에, 나는 막연히 그들에 대한 믿음을 가졌다.

'어른이니까. 거짓말을 하지는 않겠지.'

제품의 품질을 확인하는 자리였기에, 나는 공장 제품 창고에서 랜덤으로 제품 24개가 들어간 포장 박스 하나를 집어 들어 제품을 확인했다. 품질에 특별한 이상이 없기에 거기에 서명을 했다. 내가 골랐다는 표시였다. 어차피 품질은 내가 책임져야 하는 일은 아니었다. 중간 검사원이 수시로 검사를 했고, 최종 검사를 맡은 QA*가 AQL** 규정에 맞춰서 검사하면 될 일이었다. 그래도 그 제품은 신제품이라 개발 초기부터 책임을 졌던 내가 우선 판단하는 것이 옳다고 생각했다.

---

* Quality Assurance. 품질 보증
** Acceptance Quality Level. 합격 품질 수준

내가 물건을 뜯어보기 직전에, 거래처 직원은 이왕 오셨으니 사무실에서 커피 한잔 마시고 검사실로 이동하면 어떻겠냐고 물었다. 따뜻한 호의에 고개를 끄덕이며 직원을 따라나섰다. 내가 사인한 박스는 다른 직원이 챙겨 사무실로 옮겨 주었다. 밝은 조도의 검사실에서 구석구석 확인한 제품의 품질은 꽤 괜찮았다. 우리는 웃으며 악수로 헤어질 수 있었다. 역시 타국에서는 같은 나라 사람만큼 믿을 수 있는 사람이 없다고, 순진하게도 그렇게 생각했다.

　후에 품질 검사를 전문으로 하는 직원이 내가 확인한 제품의 최종 검사를 하러 공장에 갔다. 그녀는 검사 결과 제품에 문제가 있다고 했다.

　"그 제품 품질이 별로였어요?"

　"네. 리젝할 수밖에 없었어요. 제품 그대로 거래하면 문제가 생길 것 같아서 재작업 지시했습니다."

　"그래요? 이상하네요. 제가 분명히 공장에 가서 랜덤으로 한 박스 골라 확인했거든요. 그때는 정말 괜찮은 물건이었어요."

　"혹시 해서 말인데요. 제품 바꿔치기 당한 거 아닐까요?"

　그녀가 그렇게 말한 순간 나는 아차 싶었다. 커피를 마시러 가자고 제안하던 하청 업체 사장, 그리고 내 뒤에 내가 고른 제품 박스를 검사실에 옮겨 두겠다며 따라오던 그의 직원. 상황이 자연스레 머릿속에 그려졌다. 같은 한국 사람이니 거짓말 할 리 없다고 믿었던 나의 실수였다. 그들 눈에는 이제 막 사회생활을 시작한 신입 사원이 속이기 쉬운 먹잇감처럼 보였을 것이라는 생각이 들었다. 일에 대한 열정이 넘치던 때였기에 더욱 그냥 넘어갈 수 없었다.

박스 바꿔치기를 의심한 바로 그날, 나는 직원들을 데리고 홍콩에서 중국으로 바로 넘어갔다. 내가 사전 예고 없이 나타나자 공장 직원들은 당황했다. 그런 일이 있다고 이렇게 바로 들이닥치는 직원은 거의 없었기 때문이다.

"창고 문 좀 열어 주세요."

"지금요?"

우리가 공장에 도착했을 때는 거의 한밤이었다. 어두운 창고에 불을 밝히고, 나는 변명을 하며 따라오는 직원을 제치고 박스를 직접 열었다. 박스 안의 제품은 내가 전에 본 그 제품과 완전히 달랐다. 품질 검사에서 나쁜 점수를 받을 만했다. 제품을 들고 돌아선 나는 곤란해하며 눈을 피하는 그 직원을 똑바로 바라보았다.

"사장님이 시킨 일인지 자발적으로 한 일인지는 모르겠지만, 결과에 책임지셔야 할 겁니다."

다음 날 나는 해당 업체에 6개월 거래 중지를 시켰다. 이미 들어간 주문까지만 제작하라고 하고, 추가 주문은 반년간 없을 거라고 으름장을 놓았다. 나의 강경한 조치에 홍콩 사무실뿐 아니라 중국에 있는 공장에도 말이 돌았다.

'그 사람 있잖아. 밤에 갑자기 공장에 들이닥쳐서 제품 검사했대.'

'그 직원한테 거짓말 했다가 거래 중지 당했대.'

그 일로 나는 깐깐한 사람, 적당히 하자라는 말이 통하지 않는 사람, 조심해야 할 사람이라는 낙인이 찍혔다. 사람들은 나를 조심스러워했다. 사실 나는 그게 좋았다. 어린 여자 직원이라고 만만하게 보이느니 모두가 나를 어려워하는 것이 일하기 편했다.

성과를 내기 위해서 다른 사람보다 더 집요하게 매달린 때도 많다. 한번은 JAPAN AIRLINE의 캐릭터 인형을 제작하는 일을 맡게 되었다. 내가 따낸 일이었고, 성공시키면 회사에서의 인정도 컸기에 꼭 잘 해내고 싶었다. 그러나 과연 꼼꼼한 일본이었다. 인형 뒷면에 로고를 프린트해도 되지만 광택을 유지해야 한다고 강조했다. 사실 불가능한 요구라는 것을 그들도 알고 있었다.

프린트를 하다 보면 그 부분은 광택을 유지하기 힘들다. 그들은 돈이 얼마가 들어도 좋으니 PU라는 반짝이는 자재를 사용해서 모자의 로고와 유니폼의 견장에 직접 수작업으로 붙여 달라는 요청을 했다. 큰 거래를 따낸 나는 그러겠노라고 고개를 끄덕였지만 그 일은 생각보다 녹록하지 않았다.

우리나라 명절을 나흘 앞두고 나는 공장에서 그 제품을 잘 생산하고 있는지 확인하러 들렀다. 사실 중국은 이미 춘절(한국의 구정에 해당하는 중국 명절) 연휴가 시작되었지만, 납기를 맞추느라 공장은 아직 일을 하고 있었다. 나는 제품이 생산되는 걸 보다가 주저앉아 울었다. 이 속도로는 도저히 납기를 맞출 수 없을 것 같았다. 어떻게 따낸 일인데, 이렇게 망쳐 버릴 수는 없었다.

"다른 제품 생산, 모두 내리세요."

"지금요?"

"네. 그리고 JAPAN AIRLINE 제품만 생산하세요."

중국은 이미 춘절이라는 중국 최대 명절이 시작되었기에 다른 제품 담당자가 손쓸 상황이 아니었다. 나는 3일 동안 공장에서 내 제품에 총력을 다하도록 지시했다. 빵과 음료를 사서 직원들에게 돌리고, 그들에게 칭찬과 격려를 아끼지 않았다.

마침내 명절 전날, 좋은 품질의 제품이 컨테이너에 실렸다. 컨테이너 문을 다른 이가 열 수 없도록 실링을 하고, 컨테이너가 떠나는 것을 뿌듯하게 바라보고서, 한국으로 향하는 비행기를 타기 위해 홍콩 공항으로 향했다. 겨우 일본의 납기일을 맞춘 덕에 나는 거래처에서 인정을 받았다. 그렇지만 다른 제품 라인에서는 문제가 많이 생겼다. 회사 사람들이 또 수군거렸다.

'누가 저렇게까지 해?'

'연휴에 중국 심천 가서, 구정 전날 밤에 한국 돌아왔대.'

일에 중독된 것처럼 보이는 내가 어쩌면 다른 사람들에게는 불행한 사람처럼 보였을 수도 있다. 그렇지만 일을 하는 동안 나는 행복했다. 대개 행복하게 지내는 사람들은 게으름뱅이보다는 노력가다.

그냥 주어진 대가보다 내 노력으로 인해 돌아오는 성과의 기쁨이 훨씬 컸다. 어떤 일을 하느냐보다, 그 일을 어떤 자세로 하느냐가 행복을 가르는 기준이었다. 존경받는 IT 기술자도 아니고, 고임금을 받는 금융업도 아니지만, 난 이 일이 나의 몸에 맞는 옷처럼 좋다.

그렇지만 중간 관리자가 되기 전까지 내게는 타인을 돌아볼 여유가 없었다. 내 일이 너무 중요했고, 성과를 내는 게 삶의 목표였다. 누가 실수를 하면 모질게 질책했고 실수를 인정하지 않으면 인정할 때까지 몰아붙였다. 마음의 여유가 없다 보니 사람들에게 상처 주는 말도 많이 했다. 시간이 지난 지금의 나는 꽤 부드러운 사람이 되었다. 예전처럼 상대의 거짓말에 바로 반응하지 않고, 무안할까 봐 부드럽게 넘어가 주거나 돌려서 지적하기도 한다. 누군가 '일을 믿는 게 아니라 너를 믿어서 맡기는 거다'라는 이야기를 하면, 상대의 거짓말에 깜빡 속아 넘어가던 신입 때가 아득할 정도로 멀게 느껴진다.

이제는 결과가 아니라 과정이 중요한 것이라는 걸 더 잘 안다. 성공이 현재 오른 위치로 평가되는 것이 아니라 성공을 위해 노력하는 동안 얼마나 많은 장애물을 극복했는가로 평가된다는 부커 워싱턴의 말을 믿는다. 한 번의 성공으로 인지도를 얻은 인물을 부러워할 수는 있어도 존경까지 할 필요는 없다. 부러움은 결과에서 오고, 존경은 과정에서 온다. 대중은 한 번의 사건을, 타인의 인생을 부러워할 수도 있지만, 곁에 머무는 사람은 매일의 작은 행동으로 그 사람을 존경한다. 이제 나는 낯선 사람의 부러움에 목마르지 않다. 대신 곁에 있는 사람에게 존경받고 싶다.

"우리는 거인들의 어깨 위에 올라선 난쟁이들과 같기 때문에 고대인들보다 더 많이 그리고 더 멀리 볼 수 있다."

1130년 베르나르 사르트르가 말한 것처럼, 내가 거인이 되고, 내 어깨 위에서 누군가 더 멀리 볼 수 있다면 감사한 일 아닐까. 매일의 과정을 보여 줄 차례다.

한 번이라도 더 만져 달라고, 좁은 구멍으로
머리를 밀어 넣던 강아지를 생각하며

> 세상은 한 명의 영웅에 의해 바뀌는 게 아니라
> 평범한 사람들의 작은 변화로 인해 바뀐다.

취미로 오토바이를 타던 때, 서울에서 춘천까지 달리던 길에 동료들과 양평 두물머리에서 잠시 휴식을 취했다. 우리가 서 있던 데서 그리 멀지 않은 곳에 유기견 무리가 있었다. 얼마나 오래 굶은 건지 앙상하게 마른 몸 위로 뼈의 윤곽이 보일 정도였다. 먼저 발견한 친구가 먹을 것을 나누어 주고 싶어 열심히 불렀지만 강아지들은 경계심이 강해 쉽게 옆으로 오지 않았다.

"왜 안 올까?"

"개장수로부터 탈출한 것 같은데?"

나는 강아지들의 눈높이에 맞춰 몸을 낮췄다. 가까이 다가가지 않고 떨어진 거리에서 간식을 내밀었다. 경계하던 강아지 중 한 마리가 천천히 내게 다가와 조심스럽게 간식을 받아먹었다. 그걸 시작으로 다른 강아지들도 우르르 우리에게 다가온 덕분에 음식을 나눠 줄 수 있었다. 해치지 않는 사람이란 걸 알게 된 강아지들의 눈빛은 간절했다. 누가 이 아이들을 버렸을까. 때렸을까. 목줄을 끊었는지, 강아지들의 목엔 빨갛게 부어오른 상처가 있었다. 마음이 아팠다.

"나는 인간의 권리만큼 동물의 권리도 소중하게 생각합니다. 그것이 모든 인류가 나아가야 할 길입니다."

"나는 개나 고양이를 제대로 대접해 주지 않는 인간의 종교에는 별 흥미가 없습니다."

링컨 대통령의 말이다. 그러나 여전히 반려동물을 가축이나 고기 정도로 생각하는 사람이 많다. 강아지를 존재 그대로 받아들이지 않고 소유하는 물건으로 여긴다. 그렇게 여기다 보니 학대도 자주 일어나고, 불임 수술을 제때 시키지 않아 주인이 다 책임질 수 없는 강아지가 늘어나기도 한다.

한 마리의 강아지가 금세 여섯 마리, 열두 마리, 서른 마리가 된다. 분양의 때를 놓친 탓도 있다. 태어난 지 얼마 되지 않은 강아지는 분양이 잘 되지만, 더 높은 값을 받기 위해 흥정을 하다 분양의 때를 놓치고 커 버리는 개들도 있다. 우리나라는 작고 예쁜 강아지를 선호할 뿐더러 분양비가 낮아서 이런 문제가 더 빈번하다.

나는 예전에 동물 사랑을 실천하는 모임에서 활동했다. 사람들과 함께 주기적으로 유기견 보호 센터에 봉사 활동을 갔다. 유기견 견사를 청소하고, 산책을 시키고, 밥을 챙겨 주고, 방역 작업도 했다. 사료 나눔 릴레이에도 동참했다. 우리가 떠날 때면 강아지들은 문까지 쫓아와 문에 난 작은 구멍으로 머리를 들이밀었다. 한 번이라도 더 손길을 느끼고 싶어 했기 때문이다. 그런 강아지를 두고 오는 발걸음은 무거웠다.

그러나 막상 강아지 입양을 결정하기는 쉽지 않았다. 어릴 때 키우던 강아지에 대한 슬픈 기억 때문이다. 어릴 때 엄마는 파양된 강아지를 데려왔었다. 이름은 누리. 당시에는 강아지 교육에 대한 콘텐츠도 많이 없던 때라 누리를 어떻게 훈련시켜야 할지 몰랐다. 한 번 파양된 강아지는 다시 입양을 가도 재파양 되는 경우가 많다. 교육이 어렵고 정서적으로 불안해 문제를 일으키기도 하기 때문이다. 누리는 집에서 늘 사고뭉치였다. 쓰레기통을 뒤졌고, 식탁 위를 뛰어올라 강아지에게 좋지 않은 음식을 집어 먹었다. 뛰어다니며 물건을 깨뜨리는 일도 다반사였다. 그때 강형욱 훈련사 같은 사람이 있었다면 달랐을 텐데!

결국 엄마는 누리를 마당 넓은 집에 사는 시골의 다른 친구에게 보냈다. 뛰어놀 수 있으니 누리에게도 더 좋을 것이라 했다. 가끔 그 집에 가서 누리를 보았지만, 내게는 엄마가 가족 같았던 강아지를 떠나보낸 상처가 남았다. 그때 다짐했다. 책임질 수 없다면 데려오지 말자고.

봉사 활동을 할수록 그런 다짐이 흔들렸다. 사고로 다쳐 다리를 저는 강아지, 학대로 실명된 강아지, 겉으로는 보이지 않지만 병이 깊은 강아지들이 특히 눈에 밟혔다. 그러던 중 가을이를 알게 되었다.

여러 마리의 강아지를 키우던 주인이 해외로 가게 되면서 갈 곳을 잃은 강아지였다. 내가 데려오지 않으면 보호소로 가야 하는 상황이었다. 집에서조차 서열이 낮아 언제나 구석에서 사시나무 떨듯 떨고 있던 아이였다. 밥도 가장 늦게 먹었고 배변 훈련도 되어 있지 않았다. 그래도 사람에 대한 정은 깊어, 나와 헤어질 때면 문까지 쫓아오곤 했다.

'데려오자.'

입양에는 큰 책임이 따른다는 것을 아는 내게는 큰 결심이었
다. 그렇지만 홍콩에 거주하는 내가 가을이를 한국에서부터 데려
오려면 만만치 않은 과정을 거쳐야 했다. 홍콩은 중국 사스가 유
행했던 경험이 있는 데다, 더위 때문에 풍토병이 많아서 동물을
입국시키는 것에 대해 엄격하다. 강아지를 비행기에 태울 수는
있지만 검사 전까지는 동반 입장도 할 수 없다. 강아지가 안전한
지 확인하기까지 무려 3달이나 격리를 해야 한다. 그 과정을 가을
이가 버텨 낼 수 있을지 알 수 없었다.

결국 나는 친언니를 설득해 가을이를 입양하게 했다. 우리는
가을이에게 나리라는 새 이름을 지어 주었다. 그런 식으로 언니
네 집으로 입양 보낸 강아지가 한 마리, 엄마 집에 보낸 강아지가
한 마리였다. 엄마에게 보낸 강아지는 슬픈 사연을 가지고 있었
다. 주인이 결혼하기 전부터 키우던 강아지였는데, 결혼 후 아이가
태어나자 강아지에 대한 애정이 식은 사례였다. 아이를 보호하기
위해 추운 겨울에도 강아지를 베란다에서 생활하게 했고, 짖는다
는 이유로 혼도 많이 냈다. 엄마 집에 가서도 짖기는 마찬가지였
다. 엄마도 처음에는 많이 힘들어하셨다. 일단 파양된 아픔 때문

인지 사람을 잘 따르지 않았다. 언제나 먹을 수 있도록 사료를 넉넉히 꺼내 두었지만, 누가 있으면 절대 먹지 않았다. 자신의 공간 안에서 몰래 먹곤 했다. 그리고 조그마한 소리만 나도 공포에 질린 목소리로 마구 짖어 댔다. 엄마는 파양된 이유를 알 것 같다고 하셨다. 그러나 내 생각은 달랐다. 저래서 파양된 게 아니라, 인간이 주는 상처에 저렇게 변해 버린 거라고. 이름은 이전에 엄마에게서 파양되었던 강아지 이름인 '누리'를 그대로 본떠서 '누리'라고 지었다. 미안한 마음 가지고 잘 보살피라고. 다행히 엄마와 누리는 잘 지냈다. 전과 다르게 엄마는 이웃과 거리가 있는 단독 주택에 살고, 나이가 들면서 귀가 어두워져 이제는 그런 단점을 하나의 성격으로 여기고 안아 줄 수 있었다. 강아지와 주인도 잘 맞는 짝이 있기 마련이다.

강아지를 소유하는 존재로 생각하는 문화를 바꿀 수는 없을까? 유기견 문제를 해결할 수는 없을까?

프랑스에 출장 갔을 때 나는 그것에 대한 힌트를 반짝 얻었다. 프랑스에는 거리에서 연주를 하는 사람이 많다. 거리의 연주자들은 꼭 강아지를 한 마리씩 데리고 다닌다. 나는 그들의 연주를 듣고 그들의 가방에 작은 돈을 감상비로 놓고는 한다. 한번은 인상

깊은 연주를 듣고 연주자와 이야기를 나눌 일이 있었다.

"강아지는 언제부터 키우신 거죠?"

"유기견이에요. 국가에서 유기견을 돌보는 조건으로 돈을 좀 주거든요."

"그런 시스템이 있어요?"

"네. 이 친구가 저를 먹여 살리는 셈이에요. 같이 있으면 행복해요."

정부에서 유기견을 관리하는 방안 중 하나로 이런 정책을 편다고 한다. 그래서 거리의 연주자들이 강아지를 데리고 다니는 거였구나. 프랑스는 동물 보호 정책이 잘 되어 있는 곳이다. 2021년에는 동물 학대 근절 법안이 통과되면서, 동물을 학대할 경우 최대 5년의 징역이나 7만 5천 유로(약 1억 원)의 벌금을 부과한다. 2024년부터는 펫 숍 진열장에서 새끼 고양이나 강아지 등 어린 동물을 전시하거나 판매하는 것도 금지된다고 한다. 다른 나라의 동물 보호 정책을 볼 때마다 부러움이 든다. 우리나라는 동물에 대한 인식이 언제쯤 바뀔까?

우리나라에는 참 펫 숍이 많다. 누군가 강아지나 고양이를 키우고 싶다고 하면 나는 그런 곳에서 강아지를 쇼핑하기보다 유기

동물을 입양하기를 권한다. 지인들이 제주도에서 유기견들을 해외로 입양 보내는 봉사 활동을 한다. 그들은 자금 마련을 위해 바자회를 열곤 하는데, 나는 그 바자회에 물건을 기증해 오고 있다.

나의 어릴 때 꿈 중 하나는 부모 잃은 아이들과 유기견을 위한 공간을 만드는 것이다. 사람으로부터 상처받은 동물과 세상으로부터 상처받은 사람들이 서로 치유할 수 있는 공간이 되었으면 좋겠다는 생각이었다. 그러나 유기견 봉사 활동을 하다가, 좋지 않은 일에 연루되는 경우를 보면서 마음을 접었다. 유기 동물을 위한다는 말을 앞세워 공금을 유용하거나, 유기 동물들을 몰래 불법으로 안락사시키는 상황도 종종 발생했다.

세상은 한 명의 영웅에 의해 바뀌는 게 아니라, 평범한 사람들의 작은 변화로 인해 바뀐다. 지금은 내가 동물을 직접 구하기보단 구조하는 분들을 물질적으로 지원하고 있다. 내 주변의 평범한 사람들의 인식을 조금씩 바꾸겠다는 생각이 강하다. 언젠가 유기견이 한 마리도 없는 세상이 올 수 있지 않을까? 행복한 상상을 해 본다.

우리가 널 기억하는 동안에는,
넌 살아 있는 거야

이별의 아픔은 세월이 흐른다고 옅어지지 않고
추억은 그때그때 애절하게 다가온다.

우리는 언제 죽을까? 심장이 멈출 때? 혹은 뇌사에 빠질 때? 아니면 사회에서 내 존재가 잊힐 때?

어떤 순간을 죽음으로 보는가 하는 문제는 우리가 삶을 무엇으로 보는가 하는 문제와 연결된다. 나는 단순히 육체 기능의 멈춤을 죽음으로 생각하지 않는다. 몸은 없어지더라도 우리는 누군가의 기억 속에서 계속 살 수 있다고 믿는다. 어쩌면 그렇게 믿어야만 내가 사랑하는 이의 죽음을 견딜 수 있어서인지도 모르겠다. 삶은 덧없지만 죽음 후는 다를 거라는 말에 기대어 본다.

디즈니, 픽사의 애니메이션 〈코코〉는 '죽은 자의 날'을 배경으로 이루어진다. 죽은 자의 날이라고 하면 우리나라의 제사가 생각나지만, 경건한 우리나라의 분위기와는 다르게 멕시코의 그것은 명절이자 축제다. 화려한 색으로 장식한 해골과 촛불로 무덤을 꾸미고 죽음의 꽃이라 불리는 금잔화를 뿌려 영혼이 집으로 찾아오는 길을 마련해 준다. 멕시코 원주민인 아스테카인들은 '삶은 짧은 순간이고 저승이야말로 영원한 세계'라고 생각했다. 애니메이션에서는 누군가 죽은 이후에, 산 사람이 그 사람을 생각해 줘야 축제에 갈 수 있는 티켓을 얻는다. 죽은 자들의 세상에 입문했더라도 자신을 아름답게 떠올려 주는 사람이 있다면 그 사람은 영원히 살아 있는 존재가 되는 셈이다.

영화를 보며 나는 코가 빨개지도록 눈물을 흘렸다. 영화가 감동적이기도 했지만 먼저 떠난 반려견 코코가 생각났기 때문이다. 혹시나 내가 코코를 생각하지 않아서 코코가 축제에 초대 받지 못하면 어떡하지? 아이 같은 상상이지만, 사랑하는 존재를 잃었던 사람은 알 것이다. 그런 미신이나 이야기조차 큰 위로가 된다는 걸. 나는 코코를 잊지 않으려 노력한다. 누군가가 죽는 순간은 그 사람의 숨이 끊어질 때가 아니라, 아무도 그 사람을 기억하지 않을 때다. 잊지 않으려 노력하는 것만큼 꾸준한 실천은 없다.

코코가 내 곁으로 온 건 행운이었다. 그때 나는 유기견 보호 봉사 활동을 하고 있었는데 내가 살고 있는 타운 하우스의 이웃들이 차라리 코코를 구조해 오는 게 어떻겠냐고 먼저 제안했다. 코코는 아메리칸 아키타라는 혈통이 있는 품종견으로 농장에서 혈통을 잇는 역할을 하고 있었다. 게다가 머리가 좋고 생긴 것이 예뻐 강아지 경연 대회에서 1등을 해 잡지에도 실렸다. 혈통 있는 품종견에, 강아지 대회 1등이라고 하면 잘 관리 받으면서 살 것 같지만 당시 코코는 학대받고 있었다. 대회에서 좋은 점수를 받기 위해서는 곧은 다리를 유지해야 했다. 그런 다리를 만들기 위해 농장에서는 코코를 누워서 잘 수 있게 내버려 두지 않았다. 달리면 다리가 휘어져서 점수가 마이너스 될 수 있기 때문이다. 우리 집에 오기 전까지 코코는 서서 자야만 했다. 대회에서는 걸을 때 얼마나 품위 있게 걷는지를 보기 때문에 코코는 산책도 자주할 수 없었다. 코코를 데려왔을 때 코코가 걸을 수 있는 건 고작해야 100m 정도였다. 뛰는 것이 본능인 강아지가 100m도 채 산책을 할 수 없는 상태로 사는 건 얼마나 끔찍했을까? 코코는 스트레스로 생리가 끊겼고, 농장에서는 약해진 코코를 돌보아 주지 않았다. 마침 코코의 딸과 손녀를 입양한 사람들이 나의 이웃이었다. 코코의 안쓰러운 사정을 아는 그들이 나에게 입양을 제안한 것이었다.

홍콩은 강아지 입양 절차가 까다롭다. 우리나라에서는 별다른 절차 없이 유기견을 데려올 수도 있지만, 홍콩에서는 유기견 입양을 위해 여러 서류를 제출해야 하며 절차도 복잡하다. 서류는 물론 인터뷰도 까다로워서 입양 희망자들의 인내심을 여러 번 테스트한다. 서류에서는 끊임없이 나를 테스트한다.

"큰 개는 얼마나 키워 봤습니까?"

"이 강아지가 살 집은 몇 평입니까?"

"당신이 일을 하는데 강아지 산책은 누가 시킬 것인가요?"

"하루 몇 번이나 산책을 시킬 수 있나요?"

"당신의 가족 모두 강아지 입양에 찬성합니까?"

까다롭다 싶었지만 요는 '당신이 얼마나 이 강아지를 간절하게 원하는가'를 묻는 것이다. 이 과정을 거치지 않으면 강아지가 파양될 수 있고, 한 번 파양된 강아지는 새로운 가정에 적응할 때 좀 더 많은 노력이 필요하다. 홍콩에서는 강아지를 데려갈 때도 가능하면 후원을 통해 돈을 주어야 했다. 미성년자는 쉽게 강아지 봉사 활동을 할 수 없다. 봉사 활동을 할 때도 일종의 후원금을 내야 하며, 강아지를 돌보면서 간식을 줄 때도 허락받은 만큼만 주어야 한다. 홍콩은 강아지 봉사와 입양에 있어 꽤 엄격한 편이다.

다행히 코코는 큰 어려움 없이 우리 가족의 품으로 왔다. 첫날, 산책을 했는데 코코는 100m만 걸어도 다리를 휘청거리며 힘들어했다. 나는 사료를 내가 먹는 쌀보다 비싼 브랜드로 준비해 주었고, 연골에 좋은 영양제를 구입하고, 아침저녁으로 코코와 조금씩 산책을 하려 노력했다. 처음엔 1km만 걸어도 휘청거리던 코코가 나중에는 우리 집 주변의 산책로 3.6km를 거뜬히 걷게 되었다. 그 기특하고 예뻤던 순간이 아직 가슴에 남아 있다. 코코의 첫 생일에는 5단으로 닭 가슴살 간식을 만들어 주었다. 코코의 생일 간식을 만들어 강아지가 있는 이웃집에 선물로 돌리기도 했다.

코코는 점점 산책을 좋아하게 되었고, 나에게 애착도 보였다. 아메리칸 아키타는 충성심과 주인 보호 본능이 강하다. 내가 차를 몰고 집에 오면, 차고에 차가 들어오는 소리만 듣고도 코코는 미리 일어나 현관까지 내려와 나를 맞이했다. 내게 슬리퍼를 가져다주겠다며 미리 슬리퍼를 물고 기다리다가, 막상 내가 슬리퍼를 신으려고 하면 주지 않고 물고 다니며 장난을 치던 코코를 잊을 수 없다.

견종에 따라 다르지만 큰 견종의 경우에는 13년에서 15년, 작은 견종은 15년에서 17년까지 산다고 한다. 물론 20년을 살다 가는 경우도 본 적이 있다. 강아지의 1년은 사람의 6~7년에 해당한다고 한다.

같은 시간을 보내는 줄 알았지만 코코의 시간은 우리보다 빨리 갔다. 코코가 14살이 되었을 즈음, 코코에게 암이 발견되었다. 꾸준히 정기 검진을 했는데도 미리 발견하지 못한 건 암이 급성에다 전이가 빨랐기 때문이다. 나이가 많아 지금 수술을 한다고 해도 살 수 있을지 확신할 수 없었다. 우리 가족은 늦게까지 병원에서 초조하게 코코의 쾌유를 빌었다. 그러다 저녁 10시, 코코가 우리 곁을 떠났다.

가족들이 그렇게 크게, 오랫동안 울어 본 것은 그때가 처음이었다. 병원 영업시간은 오후 9시까지였는데, 우리가 11시가 되도록 우느라 병원을 떠나지 못하자 우리에게 입양을 권했던 홍콩인 친구가 우리 가족을 데리러 왔다. 우리는 코코를 차가운 영안실 안에 두고 떠나야 한다는 것이 마음 아팠다. 홍콩에서는 행여 있을지 모르는 2차 감염을 위해 강아지가 죽고 난 후에 강아지를 집에 데려올 수 없게 하기 때문이다.

우리는 코코 없이 집으로 돌아왔다. 코코가 없는 집에는 커다란 구멍이 생긴 것 같았다. 며칠 후에 우리는 코코의 장례를 치렀다. 5월 18일. 볕 좋은 봄이었다. 사람들은 코코가 그래도 장수하고 간 편이라고, 학대받다가 사랑을 잔뜩 받고 갔으니 호상이라고 말했지만 사랑하는 이를 먼저 보내 본 사람은 알 거다. 사랑하는 존재의 죽음에 호상 같은 건 없다는 걸. 아직도 나는 코코에게 더 해 주지 못했던 것들만 마음에 남아 있다. 코코의 죽음 앞에 슬퍼하는 나를 위로해 주던 뚜와 뽀가 있었지만, 마찬가지로 그들도 떠나보냈다. 언젠가 그들을 다시 만날 수 있을까? 내가 믿는 종교에서 강아지는 영혼이 없어서 내가 그들을 위해 기도를 해도 들을 수 없고 하늘나라에 가서도 만날 수 없다고 한다.

그래도 어쩐지 그런 말은 믿고 싶지 않다. 주인이 죽으면, 먼저 무지개다리를 건넌 강아지가 마중을 나온다는 신화 같은 이야기에 기대어 본다.

이별의 아픔은 세월이 흐른다고 옅어지지 않고, 추억은 그때그때 애절하게 다가온다. 지금도 코코를 생각하고 싶을 때면 나는 디즈니 애니메이션 코코를 본다. 코코가 우리를 찾아올 수 있도록 코코를 기억하고 싶다. 코코를 기억하는 동안에는 코코는 죽은 게 아니니까. 우리가 널 기억하는 동안에는, 넌 살아 있는 거야.

일상 속의 꿈꾸기

지금 내가 할 수 있는 것은 지금 이 순간을 기억하는 것,
지금을 언젠가 그리워할 최고의 순간으로 만드는 것.

이것은 우아하게 시간을 잃어버리는 일이다. 또한 오랫동안 현명한 사람들이 시간을 보내는 방법이었다. 철학자 칸트와 루소도, 작가 찰스 디킨스도 이것을 사랑했다. 니체는 모든 위대한 생각은 이것에서 나온다고 했고, 히포크라테스는 이것을 최고의 약이라 칭했다. 나는 이것을 평생 사랑해 왔고, 아마 죽기 전까지 이것만큼은 계속할 것 같다.

그것은 '걷기'다.

언제나 이런저런 일로 바빠 보이는 내가 하이킹을 즐기는 걸 보며 지인들은 신기해한다. 하이킹이 시간적 여유가 있는 자의

취미처럼 보여서인 것 같다. 늘 시간을 알차고 소중하게 쓰기 위해 노력하는 내가, 쉬는 시간조차 바쁘게 보낼 것 같나 보다. 아니면 평소에 시간의 주인이 되자고 한 번뿐인 삶에 '킬링 타임' 따위의 말은 있을 수 없다고 강조해서인지도 모르겠다. 그러나 열심히 사는 것과 충분히 여유를 즐기는 것은 반대의 행동이 아니라 서로 함께해야만 존재할 수 있는 행위다. 바쁘게 사는 것과 열심히 사는 것은 다르다. 우리는 흔히 바쁘게 사는 것을 열심히 사는 것으로 착각한다. 윌리엄 제임스는 "열정과 쉴 새 없이 바쁜 생활과 근심은 강함의 징표가 아니다. 이는 나약함과 열악한 환경의 징표다."라고 말했다. 일을 하는 도중 휴식 시간을 꼭 가져야 하는 이유는 앞으로 내달릴 에너지를 가지기 위함이다. 휴식이야말로 하루하루를 온전하게 충실히 살고 싶은 자가 꼭 챙겨야 할 삶의 기술이다.

하이킹을 하는 동안 나는 삶의 여유를 한껏 누린다. 내가 자연을 좋아해서일까, 아니면 내가 자연을 즐기는 사람들을 좋아해서일까? 내 주변엔 하이킹을 즐기는 사람이 많다. 그래서 하이킹을 함께 하는 멤버는 그때그때 코스에 따라 달라진다. 동료는 환갑이 넘어서도 홍콩에서 제일 오래된 정통 한식당을 운영하거나,

대형 호텔 체인에서 임원으로 일하거나, 개인 사업을 하거나, 열정적으로 회사 생활을 하고 있는 친구들이다. 모두 자신의 업계에서 시조새 같은 존재다. 예를 들어 우리는 아침 7시에 MTR 통청TungChong에서 만나 걷기 시작한다. 지난해에 자주 간 곳은 란타우Lantau섬.

란타우섬은 한국 사람들에게 홍콩 공항, 빅 부다Big Buddha와 포린 템플, 옹핑 360 케이블카로 유명하지만 실은 하이킹 코스로 훌륭한 장소다. 섬인데도 봉황산처럼 높이가 높은 산이 많아 하이킹에 적합하다. 우리는 걸으면서 평소에 마음에 담아 두었던 이런저런 이야기를 나눈다.

"봉사 활동 하려는 거 아니면 굳이 남한테 너무 잘해 줄 필요 없어."

"왜요?"

"사람 간의 밸런스가 중요하거든. 한쪽이 다른 한쪽에게 너무 잘해 준다고 해서 관계가 좋아지는 게 아냐. 여분의 잘해 줌은 오히려 나한테 해가 될 수도 있거든. 불교에서도 그런 이야기를 하잖아. 너무 받고 살면 동물로 태어나고, 너무 베풀면서 살면 인간으로 다시 태어난다고. 윤회를 끊으려면 똑같음을 유지해야 한다고."

가끔 무심코 던지는 언니의 말에는 단단한 삶의 내공이 담겨 있다. 우리가 걸으면서 대단한 이야기를 하는 것은 아니다. 이야기는 스쳐 가고, 상념은 흩어진다. 회사에서 채 해결하지 못한 골치 아픈 문제를 생각하지도 않고, 엉킨 관계를 어떻게 풀어내야 하나 골몰하지도 않는다. 우리는 담담하게 걷고, 소소한 이야기를 나누고, 가끔씩 멈춰 서서 풍경을 바라본다. 파란 바닷속에 잠긴 듯 서 있는 섬을 본다. 그 사이사이 도시에 깃든 사람들의 숱한 삶을 본다. 가끔은 압도적인 비구름이, 때로는 폭신한 뭉게구름이 어우러진다. 어디에 눈을 두어도 도시와 자연이, 산과 바다가 어우러진 풍경이 보인다. 내가 숱한 풍경 중 하나라는 것이 덧없고, 그러면서도 내심 다행이라는 생각이 든다.

홍콩은 235개의 섬으로 이루어진 곳인지라 어디를 가도 하이킹을 하기가 좋다. 아가를 둔 부모들이 유모차도 끌고 다닐 수 있는 빅토리아 피크 서클 워크Victoria Peak Circle Walk부터 전망이 좋기로 유명한 호랑이 머리 모양의 로푸타오(타이거헤드, Tiger Head)까지 선택의 폭이 넓다. 홍콩의 하이킹 코스 중에 가장 유명한 곳은 라마섬 트레일이다. 라마섬은 홍콩섬, 란타우섬 다음으로 큰 섬이다. 맛집이 많고 하이킹에 좋은 길이 있어 여행자들도 자주 찾는다. 도심 센트럴에서 배를 타고 25분만 가면 아름다운 섬에 도착할 수 있어서 가족들과 자주 이곳으로 소풍을 온다. 교회 학생들과는 드래곤스 백Dragon's back에 자주 가곤 했다. 산의 형세가 구름을 탄 용과 같다고 하여 붙여진 이름이다. 용의 갈기 위로 올라가는 듯 울퉁불퉁한 길을 지나 정상에 오르면 감탄이 절로 나오는 풍경이 오르는 이를 기다리고 있다. 길을 오르락내리락할 때마다 산굽이를 따라 바다가 보였다가 보이지 않았다가, 출렁대고 넘실거린다. 날씨에 따라 풍경이 다르고 언제 오르느냐에 따라 하늘의 색이 다르다. 오를 때마다 새로운 곳에 오는 듯하다. 이곳은 2019년 CNN에서 선정한 세계에서 가장 아름다운 하이킹 트레일 23곳에 선정되었고, 2004년에는 타임스지에서 아시아의 최고 피크닉 코스로 선정되었다.

어느 날 이곳을 같이 걷다가, 뒤늦게 석사 과정을 하고 있는 언니에게 힘들지 않은지 물었다.

"힘들지. 일하면서 공부도 하려고 하니까 힘들지."

르네 언니는 환갑이 넘어서 스위스 로잔의 호텔 학교 EHL의 석사 과정을 마쳤다. 나이가 들어서 어린 학생들과 공부를 함께 하는 게 어려울 텐데, 볼 때마다 새삼 대단하다는 생각이 들었다. 건강을 챙기면서 해야지 몸 사리지 않고 공부한다는 나의 걱정에 언니는 대답 없이 웃었다. 홍콩의 붉은 등을 닮은 노을이 언니의 뒤에서 불타고 있었다. 노을빛이 바다의 잔물결에 반사되었다가 어딘가로 흘러들어 갔다.

홍콩에서 나는 열렬한 하이킹의 찬양자이자 전도사가 되었다. 바위와 자갈길로 둘러싸인 해안선이 멋진 케이프 다길라 등대, 아름다운 풍광을 약속하는 Twin Peaks와 Violet Hill을 가로지르는 코스는 꼭 추천하고 싶은 루트다. 아름다움에 중독된 것일까? 세이렌의 목소리에 홀려 뱃머리를 돌리는 선원처럼, 하이킹하기 좋은 계절이 오면 산이 부르는 소리, 바다가 부르는 소리가 들린다.

'걷다'라는 영어 단어 Saunter의 어원은 Santer, 즉 '명상하다'라는 뜻을 가지고 있다. 걷는다는 행위는 명상하는 시간과 닮았다. 브라이언 아노는 아무것도 하지 않는 시간을 일상 속의 꿈꾸는 시간, 일이 정리되고 재편되는 시간이라고 말했다. 일상 속의 꿈꾸기. 이보다 더 걷기를 잘 설명하는 표현은 없을 것 같다.

나는 오늘도 홍콩의 섬을 산책한다. 주로 성큼성큼, 가끔은 미끄러지듯, 때로는 터벅터벅, 드물게 살금살금 걷는다. 끝없이 이어져 온, 또 앞으로 이어질 길에 가만가만 다가간다. 뚜벅뚜벅 나아간다. 사뿐사뿐 길을 밟는다. 나는 할머니가 될 때까지 하이킹을 계속할 테지만, 길도 끝없이 이어지겠지.

내가 그 길을 다 가 보기 전에 내 삶이 먼저 스러질 테니 나는 이 길을 다 걸어 보지 못하고 눈을 감을 것이다. 그런 아쉬움은 잠깐이다. 걷다 문득 마주한 풍경이 나를 압도하기 때문이다. 백 년도 살지 못하면서 천 년의 걱정을 지고 사는 게 인간이구나. 무거운 걱정이 덧없고, 가벼운 일상이 소중해진다.

지금 내가 할 수 있는 것은 지금 이 순간을 기억하는 것, 지금을 언젠가 그리워할 최고의 순간으로 만드는 것. 그래서 나는 오늘도 걷는다. 우아하게 시간을 잃어버리기 위해.

지붕은 해가 맑을 때
수리하는 거야

거절할 수 없는 제안을 하지

> 그들의 표정을 본 순간 나는 알 수 있었다.
> 이번 게임은 이겼다고. 이건 거절할 수 없는 제안이었다고.

영화 '대부'를 좋아한다. 1977년에 만들어진 영화지만 영화 속에서 대부로 알려진 마피아의 두목 돈 비토 코를레오네의 명언은 지금까지도 유효한 게 많다. 그중 내가 마음에 담고 있는 한 가지는 이 대사다.

"나는 이기는 게임만 한다."

될 때까지 불도저처럼 밀고 나가는 자세도 좋지만, 나는 제안을 할 때 먼저 상대방이 그 제안을 수락할 만한 가능성이 있는지 점쳐 보고 투자를 한다. 승산이 있다고 생각할 때 그 판에 뛰어드는 셈이다. 이런 내 자세를 보고 한 친구는 이렇게 비판하기도

지붕은 해가 맑을 때 수리하는 거야

했다.

"그건 한 번도 남자한테 차여 본 적이 없다고 말하는 것과 비슷하지 않아?"

"왜?"

"널 차지 않을 남자하고만 만나니까 차이지 않는 거지."

연애 이야기에서는 친구의 말이 맞을지도 모르겠다. 사랑의 문제에서 계산기를 들이대고 가능성을 점치는 건 낭만적으로 보이지는 않으니 말이다. 그러나 비즈니스에서 성사되지 않을 거래에 무리한 투자를 하는 건 어리석은 일이다. 어리석은 사랑은 때론 문학의 소재가 되지만, 어리석은 거래는 조소의 대상이 될 뿐이다. 성공적인 거래를 만들어 낼 수 있을지 없을지를 먼저 가늠하는 것이 능력이다. 영화에 나오는 이탈리아 마피아의 말을 가슴에 담고 있다면 조금 우스울지 모르겠지만, 이런 태도는 내가 사회생활을 시작할 때부터 내게 도움이 되었다.

사회생활을 시작한 지 얼마 되지 않았던 27살. 나는 홍콩에서 일하고 있었다. 회사의 공장은 중국 황티엔에 있었다. 그때 내가 다니던 회사는 해외 유명 캐릭터들의 라이선스를 가지고 있는 회사들로부터 의뢰를 받아서 디자인 개발부터 생산, 납품까지 진행

했다. 사무실에서 누군가는 한 번씩 공장에 가야 했고, 그게 나였다. 보통 현장에 직원을 파견할 때는 남자 직원을, 그것도 현장 직원들에게 기죽지 않을 직급의 사람을 보내기 마련이다. 나는 어디에도 해당 사항이 없었다.

2,000명의 직원 중 유일한 여자인 나. 고작해야 27살 먹은 젊은 대리인 나. 그런 내가 현장으로 갔던 건 나의 중국어 실력 덕분이었다. 사람들은 중국어 실력 '때문에' 내가 고생을 한다고 했지만, 나는 여전히 언어 실력 '덕분에' 기회를 가졌다고 생각한다. 공장에 다녀오는 건 고된 일이었지만 그만큼 배우는 일이 많았다. 당시 2,000명의 직원 중 한국인 직원은 70여 명 정도였고, 그중에서 교양 있는 중국어를 구사할 줄 아는 사람은 많지 않았다. 나는 어릴 때부터 부모님의 주도하에 다양한 언어를 배웠다. 그게 사회생활 내내 큰 도움이 되었다.

그즈음 한동안 공을 들였지만 기존 거래처에 대한 의리 때문에 우리 회사에 오지 않던 유명 회사의 임원이 드디어 우리 회사를 방문하겠다는 의사를 밝혔다. 우리나라 유명 호텔의 상당 지분을 가지기도 한 그 기업은 원래 내가 일하던 회사와는 연이 없었다. 아직 우리 회사와 거래를 하지는 않았지만 자본이 풍부한 대기업. 번뜩, 이건 기회라는 생각이 들었다. 그들을 설득해서 우리 회사와 거래를 성사시킨다면 지속적으로 함께할 수 있는 든든한 클라이언트가 생기는 셈이었다. 지금 생각하면 어린 대리가 꾸기에는 꽤 큰 포부였지 싶다.

사실 일본 회사는 거래처를 바꾸지 않기로 유명했기에 어떤 사람들은 미리 회의적인 반응을 보이기도 했다. 나는 생각했다. '이건 이기는 게임일까?' 당시 이 회사에서는 해외 브랜드의 판권을 수입해서 기본 디자인을 바탕으로 다양한 아트 작업물을 만드는 일을 하고 있었다. 우리 회사와 같은 거래처에 기본 디자인을 주면, 그걸 참고하여 팔 수 있을 만한 완제품을 만들어 내는 일이다. 당시 한국은 지시를 따르는 일은 잘했지만 다양한 아이디어를 내서 작품을 만들어 낼 만한 역량을 충분히 갖추지는 못하고 있었다. 이 점을 잘 공략하면 이 게임은 이기는 게임이 될 수 있을 거라 생각했다.

영화 대부의 또 다른 명대사가 있다. 돈 비토 코를레오네의 이 대사다.

"거절할 수 없는 제안을 하지."

게임에서 이길 수 있으리라 판단한 후에는 거절할 수 없는 제안을 고안하는 게 미션이다. 거래처를 우리 쪽으로 바꾸라고 설득하기 위해서 나는 그들에게 압도적인 포트폴리오를 보여 주고 싶었다.

그들이 우리 공장에 오기까지 남은 2주. 종이로 된 포트폴리오를 보여 주는 것보다 눈으로 바로 확인할 수 있는 쇼룸을 만들어야겠다고 생각했다. 아무리 거창한 계획서가 있어도 거래처를 바꿀 생각이 없는 사람을 상대로 그 계획을 프레젠테이션 할 기회를 만드는 건 어려운 일이다. 한번에 승부를 볼 장면이 필요했다. 그래서 생각한 건 쇼룸을 그들의 캐릭터를 활용한 제품의 샘플들로 꽉 채우는 일이었다. 말하자면 프러포즈를 위해 연인의 사진과 추억이 담긴 물건을 한 집에 가득 채우는 이벤트 같은 거랄까.

쇼룸 전시를 위해 나는 오래된 서점에 가서 전 세계 전통 의상이 실려 있는 책을 샀다. 그리고 그들의 캐릭터에 각국의 전통 의상을 입힐 수 있도록 제작 팀에 주문을 의뢰했다. 이 모든 것이 만들어지기까지 걸린 시간은 단 2주. 쇼룸에서는 그들의 캐릭터가 여러 자세로 세계 각국의 전통 복장을 하고 그들을 맞이했다. 그들이 한곳에 모인 모습은 하나의 세계를 보는 듯했다.

올림픽이 열릴 때면 각국에서 자신의 전통 의상을 입고 퍼레이드를 하는데, 그걸 하나의 쇼룸에 연출해 놓은 셈이었다. 이런 식의 아이디어를 개발하는 데는 보통 1년이 걸린다. 아이디어를 통해 연출해 낸 캐릭터의 모습은 총 68종. 나는 한 해의 작업물을 그들에게 한 번에 보여 준 셈이었다. 세상에 하나밖에 없는 68종의 샘플들을.

공장을 방문한 그들은 쇼룸을 보고 멈춰 섰다. 혹시 첫눈에 반한 사람의 얼굴을 본 적이 있는가? 그들의 표정을 본 순간 나는 알 수 있었다. 이번 게임은 이겼다고. 이건 거절할 수 없는 제안이었다고.

그 회사는 그 자리에서 거래를 약속했다. 거래 금액은 50억. 지금도 큰돈이지만 당시 50억은 한 명의 직원이 수주하기로는 기록적인 금액이었다. 내 밥값은 하고도 남은 셈이다.

이길 수 있는 게임을 하기 위해서는 먼저 게임의 승률을 계산할 줄 아는 눈이 필요하다. 거절할 수 없는 제안을 하기 위해서는 상대의 니즈를 정확히 파악하고 그 니즈를 채워 줄 수 있는 전략도 갖춰야 한다. 그리고 무엇보다 내 손으로 만든 전략들을 내 손으로 실행시킬 수 있는 기본적인 커뮤니케이션 능력, 언어도 필수적이다.

이런 이야기를 하면 누군가 꼰대라는 이야기를 할까 두렵기도 하다. 회사에서 돈을 더 주는 것도 아닌데 뭐 하러 50억 원을 더 수주하러 노력해? 내 사업도 아닌데 왜 야근하면서까지 그 일에 매달려?

요즘 청년들 사이에서 공감대를 형성하는 '받은 만큼 일한다'라는 신념이 틀린 것은 아니지만, 일을 돈과 시간의 교환으로만 생각해서는 자기 발전을 이루어 내기 어렵다. 누군가에게는 일이 생계유지의 수단 이상의 의미를 가지지 않을지 몰라도, 나에게 일이란 자아실현의 장이자 내 정체성이었다.

그때로부터 20여 년이 지난 지금, 나는 가끔 직원들 중에서 그때의 나와 같은 얼굴을 한 이들을 만난다. 아무도 하라고 하지 않았는데도 자청해서 일을 벌이는 사람들, 안 될 거라는 의견에도 불구하고 일단은 한번 도전해 보는 사람들이다. 나는 그런 이들에게 The Godfather, 대부가 되어 주고 싶다. 당신의 얼굴은 어떤가? 당신은 대부에서 누구의 얼굴을 하고 있을까?

존엄의 값은 얼마일까?

상대를 속이며 사는 사람은 자기 자신에게 낸
상처조차 제대로 알아차리지 못한다.

〈더 울프 오브 월 스트리트〉에서 투자 회사를 운영하는 조단 벨포트(디카프리오)는 사업 파트너들에게 거짓말을 일삼고, 고객을 속이는 데 천재적이다. 영화에서 사업가들은 자주 교묘한 말로 상대를 속이는 능구렁이처럼 그려진다. 사업가를 거짓말쟁이로 그리는 콘텐츠는 많지만, 사실 지속적으로 사업을 하려는 사람에게 이런 부정직함은 스스로 놓는 덫이다. 단순히 '거짓말을 하지 말라'는 정언 명령 때문이 아니다. 정직이 자본이고, 오랫동안 검증된 기본 정책이기 때문이다. 링컨은 이런 이야기를 했다.

"당신은 모든 사람을 잠시 동안 속일 수 있다. 그리고 어떤 사람들을 항상 속일 수는 있다. 그러나 모든 사람을 항상 속일 수는 없다."

회사에서 일을 하는 동안, 그리고 회사를 운영하면서 나는 가끔 시험에 든다. 특히 내가 해외 생활을 시작할 당시에는 거래를 하는 사람에게 선물이나 사례금을 주는 것이 공공연하게 이루어지던 때였다. 그중 홍콩은 중국의 전통적 문화를 지키고 있으면서도 영국 문화의 영향을 받아 비즈니스 매너와 지역의 관행이 혼재되어 있었다. 이를 동과 서가 만났다하여, 쭝시합빅中西合璧이라는 용어로 표현한다. 그러다 보니 붉은 봉투에 돈을 넣어 주는 문화가 있고, 오래 두고 쌓은 친분을 뜻하는 꽌시系关 문화도 강력하게 남아 있다. 회사에서 비즈니스로 만난 사이라도 기념일이나 특별한 날에 선물이나 상품권을 주고받는 것은 당연한 일이었다.

내가 이전 직장의 한국 본사에서 근무를 할 때에도 그런 문화가 있었다. 그때 포켓몬스터가 한창 인기를 끌었고, 러빙 프렌즈라는 회사에서 틴 케이스로 만든 제품도 주목받았다. 우리 회사는 포켓몬 캐릭터를 OEM으로 수주해 샘플 제작부터 해외 수출까지 담당하는 일을 맡고 있었다. 부서 책임자는 나였다. 프로젝트가 성공적으로 끝나거나 명절이 다가올 때면 관례처럼 거래처에서 상품권을 주고 가곤 했다. 이 상품권은 담당자 혼자 갖는 게 아니다. 직원들은 받은 선물을 한데 모아 공평하게 서로 나눠 가졌다.

한번은 내가 만난 거래처 직원이 작은 사례라며 봉투를 건넸다. 나는 으레 주고받는 구두 상품권이거나 백화점 상품권일 것이라 생각하고 웃으며 선물을 받았다. 이런 작은 선물을 주고받는 건 문화일 뿐더러, 거절하면 오히려 무례로 여겨지기 때문에 받는 일이 이상한 것이 아니었다. 봉투를 건넨 그가 엘리베이터를 타고 내려간 후에, 나는 봉투를 열어 보았다. 거기엔 무려 삼천만 원이 들어 있었다. 순간 머릿속이 하얗게 질렸다. 이렇게 큰돈을 선물로 받아 본 건 처음이었다.

'이걸 왜 나에게 준 거지? 우리 회사에 뭘 원하는 거지?'

'이걸 내가 받았다고 뭔가를 요구하면 어떻게 하지?'

'거절할 기회도 없었는데 혹시 돌려줄 타이밍을 못 잡으면 어쩌지?'

나는 반사적으로 계단을 타고 지하 주차장으로 뛰어 내려갔다. 엘리베이터를 타고 내려간 그보다 빨리 도착해야 한다는 마음에 정신없이 내달렸다. 내 구두 소리가 복도에 울렸다. 헉헉거리며 주차장에 도착했을 때 차 문을 여는 그가 보였다. 나는 겨우 그를 따라잡았다.

"봉투에 삼천만 원이 들어 있었어요."

"네, 압니다. 김차장님께 드리는 거예요."

"저한테요? 저한테 왜요?"

그는 헉헉거리며 봉투를 들고 뛰어 내려온 내가 오히려 당황스러운 눈치였다.

"뭘 부탁하는 게 아니에요. 그냥 관례죠. 다른 분들도 다 받았어요. 전임자도 받았는데요."

"그래도 삼천만 원은 너무 크죠. 저는 이거 못 받아요. 이 돈 안 받아도 현재 재주문 들어오고 있는 것들 업체 변경 없이 그대로 다 드려요. 걱정 마세요."

"이거 저 돌려주신다고 해도 소용없어요. 제가 중간에서 대신 가져가도 아무도 모르는 거예요."

"일단 저는 못 받습니다. 하시고 싶으시면 다른 업체처럼 십만 원 구두 상품권 정도로 해 주세요."

지하 주차장에서 우리는 봉투를 두고 옥신각신했다. 나는 떠말

기듯 그에게 봉투를 건네고 돌아섰다.

　지금도 그렇지만 당시 삼천만 원은 정말 큰돈이었다. 그때 압구정 현대 아파트가 삼억 원 정도 할 때였으니, 그 돈을 몇 번 받았으면 살고 있던 집보다 좀 더 큰 집으로 이사 갈 수 있었을지 모른다. 나 말고 다른 사람들도 다 받는다는 그의 말은 사실이었을 것이다. 그에겐 그 정도 돈에 유난을 떠는 내가 더 이상해 보였을 수도 있다.

　그때부터 지금까지, 나는 거래처나 직원에게 부당한 청탁이나 돈을 받은 적이 없다. 지금 회사에서도 내 사무실 방문은 언제나 잠겨 있지 않다. 직원들이 와서 서류를 뒤져 본다고 해도 내게는 숨겨야 할 만한 것이 없기 때문이다. 직원들도 내가 따로 뒷돈을 받는 일이 없다는 걸 알기에 그런 의심조차 품지 않는다.

　가끔 생각한다. 그때 그 돈을 받았으면 어땠을까? 아마 그 돈이 문제가 될 확률은 낮았을 것이다. 그 돈을 받지 않았다고 친구들은 내게 바보 같다고 말하기도 했다.

　"난 그래도 내 자식에게 떳떳한 사람이고 싶어."

　"요즘 애들은 떳떳한 부모보다 돈 많은 부모가 더 좋다고 하던데?"

그런 농담을 하며 우리는 자주 웃는다. 그런 게 바보라면 나는 기꺼이 바보가 되겠다. 그건 내가 특별히 정직한 사람이라거나, 도덕적인 사람이어서는 아니다. 내가 다른 사람에게 부당한 일을 하지 않는 사람이라는 것, 거짓말을 하지 않는 사람이라는 것, 그런 것이 나를 버티게 해 준 힘이기 때문이다. 그것은 올바름에 대한 문제라기보다는 나의 존엄에 대한 문제였다. 나의 존엄은 삼천만 원에 팔아 버리기에는 너무 값진 것이었다. 그때 내가 삼천만 원을 받았더라면 퇴사할 때 내 마음은 그렇게 편하지 않았을 것이다. 내가 회사에 최선을 다했다는 점, 부당한 이익을 취하지 않았다는 점 때문에 나는 당당하게 회사를 나올 수 있었다.

이런 내 마음은 누구보다 직원과 거래처들이 잘 알아준다. 그들과 따로 술자리를 갖고 어울리지 않아도, 사적인 통화로 우애를 다지지 않아도 그들은 나를 신뢰한다.

한번은 나와 오래 거래하던 회사에서 더 이상 주문이 오지 않았을 때가 있었다. 이제까지 약속을 잘 지켰고, 거래에서 실수한 적도 없었기에 나는 내심 그들에게 서운해하고 있었다.

'왜 이제는 신규 샘플 주문 의뢰가 없지?'

'우리보다 괜찮은 회사를 찾았나?'

알고 보니 그 회사는 대금을 다 지급하지 못하고 파산 선고를 했다. 그 당시 거래처들은 일부라도 받기 위해 법정 투쟁을 해야 했다. 내게는 피해를 입히고 싶지 않았는지 파산 전에 우리 회사에 대금을 모두 지급했고, 더 이상 신규 디자인 의뢰도 하지 않았던 것이다. 그것도 모르고 주문이 없다고 서운해하던 게 미안해졌다. 신뢰에는 신뢰로 보답하는 것. 그것이 그들이 지킨 원칙이 아니었을까? 내가 그들에게 선물이나 사례금을 달라고 압박했더라면 돌아오지 않았을 결과였다.

진실하게 사는 걸 선택하는 게 더 낫다고 말하기는 어려울 것 같다. 내가 살아온 삶은 수많은 삶 중에 하나일 뿐이고, 내가 지나온 시대도 지금과는 다르기 때문이다. 물론 원칙을 지키는 일은 때로는 우리에게 상처를 안겨 주기도 한다. 그렇지만 그 상처는 시간이 지나면 회복될 수 있는 것이다. 상대를 속이며 사는 사람은 자기 자신에게 낸 상처조차 제대로 알아차리지 못한다. 미국의 유명한 극작가 조지 버나드 쇼의 말이 생각난다.

"거짓말쟁이에 대한 최대의 형벌은 그가 타인으로부터 신뢰를 받지 못한다는 데서 오지 않는다. 그 자신이 아무도 믿을 수 없다는 비애를 느끼는 데에 있다."

약속을 지킬수록 우리는 더 강해진다

먼저 상대를 믿는 것.
그리하여 먼저 약속을 지키는 것.

"자신의 약속을 더 철저하게 지킬수록 우리는 더 강해진다."
호주의 작가 앤드류 매튜스는 말했다. 다른 사람에게 영향을 미
치고 싶다면 내가 먼저 나 자신을 믿어야 한다고. 그리고 나 자신
을 믿기 위해서는 내가 말한 대로 행동해야 한다고. 그가 말한 것
처럼, 내가 약속을 잘 지키는지 지켜보는 사람은 내가 약속을 한
상대뿐만은 아니다. 내가 약속을 지키는 사람인지 아닌지는 내
가 더 잘 알고 있을 것이다. 그러니 스스로에게 떳떳해지기 위해서
라도, 강인해지기 위해서라도 약속의 중요성을 잊어서는 안 된다.
특히 리더의 자리에 있었을 때 한 약속은 그 무게가 더욱 무겁다.

그러나 내가 만난 모든 리더가 약속을 잘 기억하거나 지켜 주지는 않았다.

이제 회사에서 자리를 다 잡았다 싶었을 때 홍콩에서의 생활은 만족스러웠지만 나는 가끔 한국행을 꿈꿨다. 어느 정도 경제적인 기반을 갖추자 우리나라에 가서도 잘 살 수 있을 거라는 자신감이 생겼다. 미국·일본·유럽 출장도 많아서 굳이 홍콩에 거주하지 않아도 일을 계속할 수 있었다. 이곳에서는 어디에도 완전히 소속되지 못했다는 느낌 때문에 고독하기도 했다. 해외에서 오래 살다가는 한국을 떠나온 그때의 정서에 멈추어 버릴까 걱정이 될 때도 있었다. 당시에는 해외에 계속 있는 것이 혹시 삶의 안주는 아닐까 싶기도 했다. 마침 같은 회사의 다른 사업부에서 같이 일하자고 제안을 해 왔다. 나는 조건부로 그 제안을 승낙했다. 하나는 내 희망 급여를 맞춰 줄 것이었고, 다른 하나는 10시에 출근해서 5시에 퇴근하겠다는 조건이었다. 퇴근 후에 아이들을 데리러 가야 했기 때문이다. 대신 나는 무리한 급여를 요구하지는 않았다. 그것보다 높은 연봉을 제시하며 스카우트를 제안한 회사도 많았다. 하지만 새로운 사람을 알아 가는 것보다는 그래도 알고 있던 사람들과 일하는 것이 낫다는 생각을 했다. 본사에서는 조건을 맞춰 주겠다고 약속했다.

그렇게 우리나라에서의 회사 생활이 시작되었다.

우리나라에서의 회사 생활은 녹록하지 않았다. 각오하고 왔는데도, 각오했던 것보다 더 터프했다. 회식 문화도 이해하기 어려웠고, 당시만 해도 워라밸을 외치는 사람은 눈총을 받기 십상이었다. 무엇보다 속상했던 건 나의 직속 상사가 처음 약속과는 다르게 자꾸 말을 바꾸는 점이었다.

"김차장이 얼마를 받기로 했는지는 알고 있는데 말이야. 다른 직원들과의 형평성이 맞지 않아서 그러는데 혹시 연봉 조정을 다시 할 수 있을까?"

"김차장이 자꾸 10시에 출근하고도 5시에 먼저 일어나니까 다른 직원들이 보기에 좋지 않은 것 같아. 저녁 회식에는 꼭 참여해 줬으면 좋겠어."

물론 당시 사내 문화는 지금보다 보수적이었고 개인보다 집단을 우선시하는 분위기가 있었다. 상사도 나쁜 마음으로 그러지는 않았겠지만, 내게는 그로 대변되는 회사가 약속을 지키지 않았다는 배신감이 컸다. 동료들이 회사가 김차장만 우대한다며 은근히 질투의 눈빛을 보낼 때에도 나는 그들의 마음을 이해했다. 남들보다 적은 시간을 일했지만 그렇다고 내 성과가 덜한 건 아니었다. 일을 잘하기로 소문이 나다 보니 부서에서도 나를 다른 곳으로 보내기 싫어했다. 지켜지지 않는 약속에 나는 실망하고 피로했다. 결국 나는 회사 내에서 해외로의 파견을 신청했다. 그러나 일 잘하는 직원, 총애받는 직원은 그 조직을 벗어나기 어렵다. 내가 빠지면 안 될 중요한 위치에 있다 보니 해외로 나가겠다는 나의 의견은 쉽사리 받아들여지지 않았다. 농담 삼아 '잘려야' 떠날 수 있는 부서인가 하는 자조적인 생각을 하기도 했다. 내가 해외 파견을 꾸준히 요청하자 상사는 계속 나를 달랬다.

"일 년만 기다려. 그럼 원하는 곳으로 보내 줄게."

나는 한 번 더 회사를 믿기로 했다. 그렇게 일 년을 더 회사에서 일했다.

'일 년만 더 버티자. 곧 나갈 수 있을 거야.'

그렇게 일 년이 지난 후 인사 발령이 났다. 그러나 그곳에 내 이름은 없었다. 해외로 발령이 난 건 내 후배였다. 그것도 곧 결혼을 해야 했기에 해외 발령을 원하지도 않은 사람이었다. 내 안에서 인내심이 뚝 하고 끊어졌다. 회사의 약속을 믿고 일 년을 기다렸는데도 나를 보내 주지 않다니.

"저는 퇴사하겠습니다."

나는 결국 사직 의사를 밝혔다. 이미 회사에 대한 애정이 다 식은 후였다. 리더는 허둥지둥 나와의 대화를 시도했다.

"해외로 보내 주지 않아서 그래?"

"2년 동안 세 번이나 약속을 지키지 않으셨잖아요."

"이제 지킬게. 지키면 되잖아. 어디 가고 싶어?"

"저는 사표로 딜하지 않습니다. 보내 달라고 사직서를 내민 게 아니에요. 제 성격 아시잖아요."

"홍콩? 미국? 일본? 말만 해. 어디든 보내 줄게."

"이미 사표를 내겠다고 한 순간, 저에 대한 신뢰는 이미 땅에 떨어졌을 텐데요. 그 바닥에서 다시 시작하고 싶지는 않아요. 사직하겠습니다."

"조금만 더 생각을 해 봐."

회사는 매달렸지만 이미 내 마음은 차게 식었다. 당시 나는 한번 마음을 먹으면 좀처럼 돌리지 않는 사람이었다. 한 번, 두 번, 세 번. 여러 번 회사가 약속을 지키지 않았음에도 나는 꾹 참았다. 그러나 어떤 임계치에 다다르면, 다시는 그전으로 돌아갈 수 없었다. 지금 와서 생각해 보면 이런 태도가 꼭 좋았던 것 같지는 않다. 만약 후배가 같은 상황에서 조언을 구한다면 사표를 내기 전에 상사와 면담을 깊게 해 보라고 권하고 싶다. 회사가 아니라 인간관계에서도 마찬가지다. 내가 마음의 문을 완전히 닫기 전에, 상대에게 여러 번의 시그널을 보내고 대화를 시도하는 게 좋다. 그러나 나는 한계점에 도달할 때까지 꾹 참았다. 그러니 상사가 마음 돌리지 않는 나를 어르고 달래다 화를 내는 것도 이해할 만했다. 내가 회사를 나서던 날, 상사는 사전 고지도 없이 내 컴퓨터를 록다운 해 버렸다. 그 안의 자료는 더 이상 사용할 수 없었다. 여러 거래처 내역과 카탈로그 등 온갖 자료와 아이디어가 담겨 있던 컴퓨터였다.

약속을 지키지 않는 것이 얼마나 큰 타격을 줄 수 있는지 몸으로 느낀 나는, 지금까지도 직원과의 약속은 꼭 지킨다. 자기가 지시를 내려 놓고서도 일이 잘못되면 언제 그런 말을 했냐고 어깃장을 놓는 리더, 중간에 마음이 바뀌어서 지시를 다시 내리고서도 처음부터 그런 말이었는데 네가 잘못 알아들은 거라고 가스라이팅을 하는 리더가 되기 싫었다. 바이어와의 신뢰를 지키는 모습, 직원과 한 약속을 잊지 않는 모습, 내가 한 잘못을 솔직하게 인정하고 사과하는 모습 덕분에 직원들은 여전히 나를 믿어 준다.

회사가 처음 생길 때 나와 함께한 로컬 직원 네 명 중 누구도 회사를 떠나지 않았다. 이십 년이 넘는 세월이 흘렀는데도 말이다. 다른 회사가 더 좋은 조건을 들이밀며 스카우트 제안을 해도, 직원들은 꾸준히 약속을 지키는 우리 회사에 남기를 원한다. 한번은 한 직원이 이런 상담을 하기도 했다.

"다른 회사에서 저한테 오라고 하더라고요. 지금 받는 것의 두 배를 줄 거라고요."

"네가 가고 싶으면 가도 되지. 아마 그 회사가 내가 너에게 맡긴 거래처 정보를 원하나 보다."

"붙잡지 않으세요?"

"어차피 내 거래처지만 내가 너를 믿고 맡긴 건데 이런 얘기를 들으니 기분은 좋지 않지. 다만 이 년 정도 지나면 네가 가진 거래처를 활용하는 것도 한계에 다다를 거고. 그럼 네 평판도 달라지겠지? 그때 네가 어떻게 할지 생각해 보면 좋겠어. 당장 두 배 받는 게 좋으면 그 회사에 가고, 나와 오래 일하고 싶으면 여기 남고."

그는 결국 회사에 남았다. 만약 내가 직원과의 약속을 쉽게 저버리는 사람이었다면 그는 남지 않았을 것이다.

약속을 지킨다는 건 신뢰가 필요한 일이다. 신뢰가 있어야 약속을 하고, 약속을 지켜야 신뢰가 쌓인다. 이 고리가 순환하며 서로 단단해진다. 그러나 그 시작점에서 누군가는 배경 없이도 상대를 믿어야 하고 누군가는 보상이 없어도 약속을 지켜야 한다. 순환 고리의 첫발을 누군가는 내딛어야 하는 것이다. 직원에게 월급을 주었으니 일을 하라고 말하기보다, 먼저 넉넉한 월급을 주고 그만큼의 일을 하기를 기대해야 한다. 먼저 상대를 믿는 것, 그리하여 먼저 약속을 지키는 것. 앤드류 매튜스의 말대로, 그것이 나를 강인하게 하는 힘이었다.

어느 구름에 비 들었을지 모른다

내 삶에 볕이 드는 지금,
나는 조금씩 지붕을 고친다.

엄마는 말하곤 했다.

"어느 구름에 비 들었는지 모른다. 모두에게 잘해 줘."

홍콩 하늘이 유난히 예쁜 날에는 엄마 말이 떠오른다. 화창한 홍콩의 하늘을 보면 언제까지고 이 따스한 날이 계속될 것 같지만, 무슨 일이 있었냐는 듯 소나기가 내리치는 일도 있다. 어느 구름에서 비가 올지 모른다는 말은 언제 무엇이 어떻게 될지 미래의 일은 아무도 모른다는 말이다. 세상 근심 걱정 없어 보이던 사람에게 날벼락 같은 일이 벌어지기도 하고, 안 좋은 기운이라도 낀 것처럼 되는 일이 없었던 사람에게 큰 복이 오기도 한다. 가끔 누군가 삶이 어렵다고 토로하면 엄마 말이 떠올랐다.

"우리 아이가 공부를 너무 못해. 이러다 대학도 못 갈까 봐 정말 걱정이야."

"아이가 아직 다 산 거 아니잖아요."

"무슨 말이야?"

"아이 삶은 아직 한참 남았잖아요. 학교에 가지 않아도 더 만족스러운 삶을 살 수 있고, 좋은 학교를 가도 잘 안 풀릴 수도 있잖아요. 어떻게 될지 모르는 인생이니까요."

그렇게 생각하면 사람을 수단으로 대하지 않게 된다. 지금 잘 나가는 사람도 언젠가는 힘들어질 수 있고, 지금 경제적으로 어려운 사람이라도 언제 재기할지 모르기 때문이다. 그 사람이 가진 주머니가 아니라 그 사람 자체를 보고 마음을 주어야, 상황이 변해도 그에 대한 마음은 변하지 않을 수 있다.

어느 구름에 비 들었을지 모른다는 말은 타인뿐 아니라 내게도 적용해야 할 말이다. 그렇다고 '소확행'만 주장하거나 'YOLO'와 같이 '세상이 어떻게 될지 모르니 일단 지금을 즐기자'라는 말을 하려는 건 아니다. 삶은 어떤 방향으로 흘러갈지 모르지만 적어도 그 방향성에 대한 대비는 할 수 있다. 내일의 날씨를 모른다고 해서 우산도 없이 집을 나설 수는 없다. 엄마는 날씨에 대한 속담을 곧잘 하곤 했는데, 한 가지 더 기억에 남는 말이 있다.

"지붕은 해가 맑을 때 수리하는 거야."

나는 해가 맑을 때 지붕을 수리하는 사람을 하나 알고 있다. 내가 우리나라 회사를 떠나 다시 홍콩의 한 회사에서 일할 때 만난 홍콩 사람이다. 천석지기는 인간이 내도 만석지기는 하늘이 내는 거라는 이야기 속에서, 늘 만석지기의 대표 격으로 불리곤 했던 사람. 바로 지금 회사의 회장이다.

그가 내게 입사를 제안했을 때 그는 두 개 회사의 대표였다. 큰 규모로 사업을 하는 모기업이 있었고, 내게 입사 제안을 한 회사가 자회사였다. 모기업이 이미 잘나가고 있었기에 굳이 비슷한 일을 하는 자회사를 낼 필요는 없어 보였다. 전에 운영하던 기업에 비하면 내가 맡게 된 회사의 예산 규모는 상대적으로 크지 않았다. 그는 경영에 그다지 관여하지 않았다. 전문 경영인으로서 덕분에 많은 권한이 주어진 나는 신이 나서 회사를 정비하기 시작했다.

"회사에 제대로 된 양식이 갖추어지지 않은 것 같아요. 인사 카드, 결재 플로우, 예산 양식 등을 통일합시다."

"회사 내 자료가 제대로 정비되지 않았네요. 자료를 모두 모아 각 해당 부서별로 정리해서 통합 전산망으로 연결되게 하겠습니다."

나는 내가 원래 가지고 있던 자료를 적용해 회사의 틀을 다졌다. 거래 규모는 모기업보다 작았지만 경영을 위한 기틀을 갖출 자유와 자금이 충분했다. 자율성이 주어지자 일에 대한 열정이 타올랐다.

벽돌부터 올린다는 기분이었다. 모기업이 이미 든든한 거래처와 자금을 가지고 있어서, 자율성은 있었지만 실적 압박도 크지 않았다. 이제 막 커 가는 기업에게는 그런 시간이 필요하다. 돈에 쫓기지 않고 내실을 다질 수 있는 시간. 우리 회사에게는 그때가 그런 시간이었다. 알고 보니 회장은 모기업이 어려워졌을 때를 대비해서 우리 회사를 하나 더 만든 것이었다. 해가 맑을 때 지붕을 수리하는 사람이 여기 있었구나! 그렇다면 근사한 지붕이 되어야겠다!

놀랍게도 몇 년 후, 모기업 사정이 어려워지면서 모기업 직원들이 모두 우리 회사로 옮겨 왔다. 갑작스럽게 늘어난 직원과 업무 때문에 당시에는 나도 조금 힘들었다. 인정에 이끌려 그 당시 제대로 정리하지 못했던 직원들의 관리비는 지금도 큰 부담으로 남아 있다. 예상하고 있었다고 해서 겪는 일이 더 수월해지지는 않는다. 조금 더 일하고, 한 발 더 양보하면서 우리는 힘든 시간을 이겨 나갔다.

회사가 다시 안정되기까지는 오랜 시간이 걸리지 않았다. 사업이 눈부시게 잘되던 때, 회장이 지금 우리 회사를 만들지 않았더라면 어떻게 되었을까? 휘청거리는 몸을 다시 가누게 되기까지 조금 더 오랜 시간이 걸리지 않았을까?

회사 상황이 어느 정도 안정되고 나도 홍콩에서 자리를 잡은 지금, 사람들은 가끔 묻는다.

"뭐 하러 아직까지도 그렇게 열심히 살아?"

"늘 뭘 배우느라 바쁜 것 같아. 이제 쉴 때도 되지 않았어?"

언제나 뭘 새롭게 하느라, 챙기느라, 배우느라 바쁜 내가 신기하다고 한다. 그러나 나이가 들수록 내가 노력하지 않으면 나는 자연스럽게 퇴보한다는 생각이 든다. 주변에 귀 기울이지 않으면 금방 꼰대가 되고, 아집을 부리게 된다. 남들 눈에는 뛰는 것처럼 보이는 발걸음이지만, 이 정도는 걸어야 뒤처지지 않고 지금을 유지할 수 있다고 생각한다.

사람들은 언제나 시간이 없다고, 삶이 너무 짧다고 이야기한다. 그러나 막상 그들이 살아가는 걸 보면 진정 인생이 한 번뿐임을 알고 있는 사람 같지 않다. 일 년 뒤면 기억도 하지 못할 일 때문에 소중한 지금을 허비하고, 마치 영원히 삶이 계속될 것처럼 시간을 낭비한다.

내 삶에 볕이 드는 지금, 나는 조금씩 지붕을 고친다. 예전에 회사의 회장이 그랬던 것처럼. 너무 쉽게 만족하거나 안일해지지 않도록 못과 망치를 들고 지붕을 기어오른다. 어느 구름에 비가 들었을지 모른다는 엄마 말을 떠올리면서 해가 맑은 날 지붕을 수리한다.

왜 사는지 아는 사람은

그 어떤 상황도 견뎌 낼 수 있다

어떻게 끝날지 알면서도
무언가를 사랑하는 일이란 대체 어떤 것일까?

헬멧 사이로 들어오는 바람이 선선했다. 한계령까지 올라오는 길은 구불구불했다. 한계령 휴게소에서 오색리로 갈 때는 엔진 브레이크를 써 가며 천천히 올라야 했다. 제한 속도를 지키면서 가느라 천천히 달렸는데도 한 번씩 오토바이를 멈출 때면 깎아지른 듯한 절벽에 숨이 턱 막혔다. 여기서 삐끗하면 낭떠러지로 떨어질 수 있다는 생각에 식은땀이 나면서 가슴이 두근거렸다. 삶이 덧없고, 그러면서도 한없이 소중했다.

'살고 싶어.'

지훈이가 의식이 돌아오고 나서 한 첫마디는 살고 싶다는 거였다. 몸 구석구석이 부서져 고통이 극심할 텐데도 그는 생에 대한 애착을 단단히 붙잡고 있었다. 니체는 왜 살아야 하는지 아는 사람은 그 어떤 상황도 견뎌 낼 수 있다고 말했다. 지훈이는 왜 사는지 스스로 분명히 알고 있는 사람이었다. 지훈이와 같은 상황이 되어도 나는 저렇게 꿋꿋할 수 있을까? 지훈이를 이곳에 단단히 붙들어 놓은 그 이유는 무엇일지 문득 궁금해졌다. 내게는 그런 것이 있는지도.

지훈이가 그렇게 사고가 난 후로 나는 더 이상 라이딩을 할 수 없었다. 같이 라이딩을 했던 상당수의 친구들이 라이더 생활을 접었다. 지훈이는 내게 오토바이를 가르쳐 준 라이딩 선생님이었다.

회사에는 매일 내가 처리해야 할 이슈가 있었고, 일을 하고 집에 오면 완전히 지쳐 침잠하는 시간이 이어지던 때였다.

"누나, 바이크 모임에 나올래요?"

일과 육아 때문에 정신이 없던 내게 지훈이는 먼저 손을 내밀었다. 그는 라이딩을 즐겼고, 바이크 모임의 리더 중 한 사람이었다. 그가 바이크를 탄다고 말하지 않았어도 나는 그를 보며 바이크를 떠올렸을 것이다. 자유로운 사람. 그를 보면 삶을 즐긴다는 것이 어떤 것인지 느껴졌다.

"나는 바이크 탈 줄도 모르는데? 바이크도 없어."

"내가 타던 스쿠터부터 타 봐요. 연습용으로 줄게요."

오토바이가 자전거라면 용량이 작은 스쿠터는 세발자전거다. 나는 어릴 때 부모님이 가르쳐 주지 않아 자전거도 배우지 못했다. 그때는 부모님 말에 따를 수밖에 없었지만, 지금은 내 삶을 내가 책임지는 어엿한 성인 아닌가. 나는 덜컥 그러겠노라고 답했다.

"좋아. 그럼 네가 스쿠터 좀 가르쳐 줄래?"

스쿠터로 입문한 바이크 생활은 생각보다 더 즐거웠다. 나는 한국에 들어올 때마다 지훈이가 하는 모임에 나가 회원들과 함께 바이크를 탔다. 종일 바이크만 타는 건 아니었다. 우리는 지역의 노인을 대상으로 짜장면을 만들어 주는 봉사 활동을 함께 했다. 아침에 바이크를 타고 봉사 장소에 가서 짜장면을 만들고 배식을 했다. 할머니, 할아버지들이 다 먹고 돌아가시면 그릇을 회수해서 설거지하고 뒷정리까지 완벽히 마무리했다. 우리가 하루에 만드는 짜장면은 약 200그릇. 요리하는 봉사 활동은 밑 재료 준비부터 설거지까지 해야 할 일이 많았다. 그래도 그렇게 봉사를 하고 돌아오면 라이딩은 한층 더 즐거웠다. 바이크로 집에 돌아가야 했기에 술을 마실 수 없었지만 맛있는 한 끼의 저녁으로 우리는 충분히 행복했다.

나는 내친김에 홍콩에서 바이크 면허를 취득했다. 홍콩에서 바이크 면허를 받기 위해서는 Written Test, Competent Test, On-road Test를 통과해야 한다. 홍콩에서 자동차를 오래 운전했기에 Written Test는 면제받을 수 있었다. 대책 없는 추진력으로 먼저 바이크 학원에 등록해 주행 연습을 했다. 면허를 딴 이후로는 홍콩에서도 종종 혼자 라이딩을 즐겼다. 바람과 나 사이에 아무것도 없는 그 느낌이 좋았다. 네 개의 휠은 사람의 몸을 움직이지만, 두 개의 휠은 영혼을 움직인다는 말이 있다.

바이크를 탈 때 내 기분은 그랬다. 이제까지 억압받으며 살아왔다는 느낌 때문일까? 온전히 세상을 직접적으로 대면하는 느낌, 어떤 방해도 없는 느낌은 황홀했다. 바이크를 타는 동안 나는 진정 자유로웠다.

어느 날, 동호회에서 홍콩에 있는 내게 연락이 왔다. 홍콩에 있는 동안에는 딱히 연락을 받을 일이 없었기에, 나는 불길한 느낌을 누르며 전화를 받았다. 안 좋은 예감은 왜 틀린 적이 없는 걸까? 전화를 걸은 건 바이크 모임 리더 중 하나였던 원에버였다.

"놀라지 마세요. 지훈이에게 사고가 있었어요."

"얼마나 다쳤는데요? 심각한 건가요?"

"네. 지금 의식이 없어요."

심장이 덜컥 내려앉았다. 홍콩에 돌아오기 전 마지막에 본 지훈이 모습이 생각났다. 내가 새로 산 라이딩 재킷이 잘 어울린다며 씩 웃지 않았나. 그랬던 지훈이가 의식이 없다니. 그는 모임 사람들과 함께 라이딩을 즐기다가 사고가 났다. 오토바이에는 주차할 때 세워 둘 수 있도록 바퀴 옆에 지지대가 달려 있는데, 그걸 내린 채로 달리다 도로에 튀어나와 있는 물체와 접촉이 있었다. 바이크는 가로수를 들이받았고, 그는 헬멧을 쓴 채로 튕겨져 나갔다.

"뒤에 있는 제가 잘 봤어야 했는데, 우리가 잘 봤어야 했는데."

모임 사람들은 모두 침통해했다. 바이크는 가장 잘 타는 사람이 선두와 선미에 서고, 초보나 보통 실력의 사람은 가운데에 자리 잡는다. 앞사람의 수신호에 따라 달리거나 멈춘다. 뒤에 있는 사람이 앞사람의 오토바이를 살필 수도 있었지만, 지훈이가 워낙 잘 달리니 방심했던 것 같았다. 평소에 지훈이는 바이크로 곡예를 부릴 정도로 바이크를 제 몸처럼 다룰 줄 알았으니까.

"그런데 수술비를 보험으로 처리할 수가 없다고 해요."

"왜?"

"튜닝했잖아요. 지훈이 바이크."

튜닝한 바이크는 보험 처리 대상이 되지 못한다. 나는 한국에 돌아가 그의 부모님에게 작은 성의를 보였다. 그의 수술비는 우리 모임 사람들이 돈을 모아 처리했다. 그의 부모님은 바이크 모임을 원래 싫어했기에 모임의 일원으로서 그들을 뵐 낯이 없었다. 모임은 와해되었다. 누구도 다시 바이크를 타자고 이야기하지 못했다. 후에 지훈이의 의식이 조금 돌아왔다는 소식이 들렸다. 나는 다시 병원을 찾았다.

"지훈아, 누나야. 뭐 먹고 싶은 거 없어?"

"난 37284 좋아."

그는 내 질문에 엉뚱하게 숫자로 답했다. 그가 엉뚱한 대답을 하는 걸 보고 너무 놀라 내 몸의 피가 빠져나가는 것 같았다. 그의 언어 체계는 단어와 숫자가 혼재되어 있는 상태라 무슨 대답에도 제대로 응하지 못했다. 겉으로는 그때의 지훈이가 돌아온 것처럼 보였지만, 안은 그렇지 않았던 거다. 의식만 돌아왔지 아직 회복이 온전하게 되지 못했다. 지금 지훈이는 장애인용 차량을 운전하고 있다. 예전처럼 능수능란한 화술은 구사하지 못하지만 여전히 유쾌한 농담을 한다. 장애인 주차 공간이 넉넉해서 자기는 주차 걱정할 필요가 없다고 말이다.

세상과 나 사이에 아무것도 없다는 느낌, 자유롭다는 느낌. 그것이 바이크의 매력이자 함정이었다.

차는 사고가 나도 나를 보호해 줄 차체가 있지만, 바이크는 보호막이 없다. 온몸으로 사고의 충격을 다 흡수해야 한다. 장점이 있으면 그에 맞는 단점이 있기 마련이었다. 자유를 느끼는 값은 결코 싸지 않았다.

한계령 라이딩을 마지막으로 바이크를 손에서 놓은 지 십 년이 가까워 온다. 지금도 가끔 생각한다. 지훈이가 바이크를 타지 않았어야 했을까? 그의 사고는 예정된 것이었을까? 한때 나는 〈버킷리스트〉라는 영화를 보고 내게 남은 삶이 1년뿐이라면 무엇을 하고 싶은지 적어 본 적이 있었다. 그 리스트에는 라이딩이 있었다. 지훈이 덕분에 나는 버킷리스트의 한 줄을 지웠는데, 그는 너무 많은 것을 잃은 것처럼 보였다. 그렇다면 그는 바이크를 타지 않았어야 했던 걸까? 그렇지만 바이크를 타지 않은 지훈이가, 내가 알던 지훈이라고 말할 수 있을까? 어떻게 끝날지 알면서도 무언가를 사랑하는 일이란 대체 어떤 것일까?

지훈이는 이젠 더 이상 바이크를 타지 않지만, 그리고 시간을 돌린다면 바이크를 타는 선택을 하지 않겠지만, 나는 아직도 바이크를 타고 즐거워하던 지훈이의 환한 표정이 떠오른다. 그가 애초부터 라이딩을 즐기지 않는 성격의 사람이었다면 그건 내가 아는 지훈이는 아닐 것이다. 그는 삶을 즐길 줄 아는 사람이었고, 그랬기에 그토록 매력이 있었다.

한계령의 '한계'가 무슨 뜻일까? 많은 사람들이 사물의 정해진 범위를 나타내는 선을 뜻하는 한계限界라고 생각하지만, 실은 '차가운 시내'라는 뜻을 가진 한자어다. 마지막 라이딩으로 한계령을 넘으며, 나는 그 사고가 지훈이의 도전과 그의 삶에 한계를 짓지 않기를 기도했다. 호흡기를 매단 채 '살고 싶어'라는 말을 먼저 하는 지훈이라면, 삶의 이유를 분명하게 알고 있는 지훈이라면 다시 일어날 수 있을 것이라 믿는다. 언젠가 그의 환한 미소를 다시 볼 수 있기를, 우리를 웃게 하는 입담을 다시 들을 수 있기를 바란다.

천천히 뛰어들고
천천히 떠오르기

도약의 순간을 알아차리기

누구에게나 도약의 순간은 온다. 중요한 것은 도약의
순간을 알아채고, 그 순간에 제대로 발구르기를 하는 것이다.

청년들 사이에서 풋살이 유행인가 보다. 여자 축구 전문 예능 프로그램 〈골 때리는 그녀들〉이 인기를 끄는 것만 봐도 짐작할 수 있다. FC 구척장신과 FC 개벤져스의 경기를 보면 20년도 더 된 월드컵이 생각난다. 2002년 FIFA 월드컵 말이다. 그때 이야기를 꺼내면 2000년대 생 인턴들은 나를 시조새라고 놀린다. 그러면 어떠랴! 그때 느낀 환희와 감동 때문일까? 나는 아직도 2002년 월드컵이 생생하다. 삶에서 개인적인 기쁨은 자주 있었지만, 국민 전체가 하나라고 느꼈던 행복의 순간은 흔치 않았다. 특히 나는 우리나라에 있지 않았기에 그 순간이 더 벅찼던 것 같다.

홍콩에 있었지만 월드컵을 응원하는 순간만큼은 내가 한국인임을 생생하게 느꼈다.

자국에서 열리는 월드컵에 열광하는 것이야 당연한 것처럼 보이겠지만, 우리가 그때 그렇게 흥분했던 건 우리나라가 갑자기 놀라운 성과를 냈기 때문이다. 사실 당시 대한민국 국민들은 16강 진출이 최선이라고 생각했다. 우리나라는 축구 강국이 아니었고 그때까지만 해도 16강까지 진출한 적이 없었다. 여러 기업에서 '대한민국이 16강에 진출한다면 이런저런 혜택을 드리겠습니다!'라고 공약을 걸었다. 홍콩에 있는 한인 식당에서는 우리나라가 이긴다면 맥주를 손님들에게 무료로 쏘겠다고 호언했고, 한국인이 하는 슈퍼에서는 응원하는 붉은 악마들에게 공짜로 아이스크림을 나눠 주기도 했다.

조별 리그 1차전 경기는 2002년 6월 4일 치러진 폴란드와의 시합이었다. 황선홍이 첫 골을 넣으며 2:0으로 폴란드를 이겼다. 이후에 이어진 건 미국과의 시합. 안정환이 헤딩 골을 넣어 1:1로 끝났다.

이대로 조별 리그를 통과할 수 있을까? 모두의 기대가 모인 3차전은 포르투갈과의 경기였다. 포르투갈은 유럽의 강호로 알려

저 있어서 걱정이 많았다. 서로 한 점도 내어 주지 않은 상황에서 전반이 끝나고, 후반에서도 0:0을 이어 가고 있을 때, 기적처럼 후반 70분에 박지성이 결승 골을 넣었다. 세계 전문가들의 예측을 박살 내고 우리가 D조 1등으로 진출한 것이다.

우리가 16강이라니! 나와 교민들은 홍콩에서 'Be the reds!'라고 쓰인 붉은 악마 티셔츠를 맞춰 입고 거리를 행진했다. 스타의 거리에서 킴벌리 로드까지. 모르는 사람과 어깨동무를 하고 응원가를 불렀고, 골이 들어가면 곁에 있는 이가 누군지 개의치 않고 너도나도 포옹을 했다. 평소 한국과 일본의 대결에 대한 대화는 삼가는 클라이언트들도 그때만은 '너희 어제 이겼더라?'라며 축하를 건넸다.

내친김에 조금 더 그때의 기억을 회상하며 자랑을 해 보고 싶다. '16강이면 된 거지', '할 만큼 했어'라는 분위기에도 우리나라는 축구 강국 이탈리아를 이기고 8강에 진출했다. 이런 역사적인 순간을 놓칠 수 없었다. 홍콩에 있는 한인들은 서라벌이라는 한인 식당을 빌려 단체로 경기를 관람했고, 국제 학교 강당을 빌려 경기를 함께 보며 응원하기도 했다. 다음 상대는 무려 축구의 고장 스페인이었다. '여기까지다'라고 고개를 절레절레 흔드는 해외 전문 분석가들의 주장을 비웃듯 우리는 스페인을 승부차기로 꺾고 5:3으로 4강에 진출했다. 나는 아직 그 순간을 기억한다. 아이들이 입은 붉은색 망토가 벗겨지고, 내가 쓴 붉은 악마 머리띠가 떨어지도록 서로를 끌어안았던 순간 말이다. 그 순간이 그렇게 감동적이었던 이유 중 하나는 그 이후로 우리나라의 축구 실력이 월등하게 업그레이드되었기 때문이다. 잠깐의 승리에서 끝냈더라면 감동적이었을지언정 이토록 강렬하게 그때를 기억하지는 않았을 것이다. 그러나 우리는 그때 계단을 올라가듯 성장했다. 그런 성장 뒤에는 우리나라의 큰 투자가 있었다. 우리나라는 경기장 신축 및 운영 등에 2조 원을 썼고, 히딩크 감독을 영입했으며, 국민들도 응원 문화를 건전하게 만들어 나갔다.

그걸 보면서 나는 삶의 힌트를 얻었다. 스포츠가 삶과 비슷해서인지 경기를 보면서 나는 인생의 노하우를 얻을 때가 많다. 9회 말 2아웃에서 역전을 이끌어 내는 야구를 보면서 '스포츠도 삶도 끝날 때까지 끝난 게 아니다'라는 걸 깨닫기도 하고, 인생을 닮은 마라톤을 보며 중요한 건 빨리 달리는 게 아니라 완급을 조절하는 거라는 걸 곱씹기도 한다. 2002년 월드컵을 통해 내가 깨달은 건 성장을 위해서 때로는 디딤돌을 밟아야 한다는 것, 순간의 도약을 이용해야 한다는 것이었다.

지금 내가 경영하는 회사는 업계에서 평판이 좋은 편이지만, 월드컵이 열리던 20년 전만 해도 그렇게 규모가 크지 않았다. 당시 나는 좋은 대학을 나온 능력 있는 인재를 뽑고 싶었지만 잘 알려지지 않은 회사다 보니 스펙이 근사한 구직자들에게 주목을 끌기 어려웠다. 그때는 인재를 등용하고 싶은 회사들이 취업 박람회에 가곤 했다. 나도 직접 심천에서 열린 취업 박람회에 갔다. 나는 부스를 얻어서 회사 이름을 걸고 앉았다. 취업 박람회는 발 디딜 틈이 없이 북적였다. 중국말을 잘하는 젊은 한국인 여자가 앉아서인지 우리 부스에 특히 사람이 몰렸다. 나는 부스에 이렇게 써 붙였다.

"월 2,000위안. 식사 제공. 기숙사 제공."

2,000위안이면 지금 돈으로 환산하면 약 34만 원가량이다. 그때 중국의 다른 회사는 보통 직원들에게 600~900위안, 우리 돈으로 10~15만 원을 줬다. 월급이 세 배는 많은 셈이라 모두 이곳에 주목했다. 게다가 만약 우리와 함께 일하게 된다면 공장 지대로 와야 한다는 점을 고려해 세 끼 식사와 기숙사를 무료로 제공한다는 메리트를 내세웠다. 파격적인 제안이었다.

"경력도 없는 사원들이고, 식사랑 기숙사도 다 무료로 제공하는데 그냥 1,200위안 정도 준다고 하면 안 돼요?"

원래 나와 함께 하던 직원이 물었다. 딴에는 회사의 예산을 생각한 걱정이었다.

"잘해 줄 거라면 확실하게 대접해 줘야죠."

"2,000위안까지 안 줘도 올 것 같은데요."

"그럼 당장은 올 수도 있겠지만 오래 머무르지 않을 수도 있어요. 좋은 사람을 써서 오래 함께 일하는 게 남는 거니까, 길게 두고 보죠."

돈을 적게 주고 일을 시키면 당장은 이익이 될 것 같지만, 결국 그 사람이 나가면 새로 온 사람에게 일을 가르쳐야 한다. 교육비도 인건비에 포함된다. 사람을 다시 채용하고 교육하는 시간과 에너지도 자원이다. 게다가 직원이 나가면서 흘릴 수 있는 정보의 중요성도 컸다. 그러니 지금 지출이 크더라도 오래 함께할 수 있는 인재를 귀히 모셔 오는 게 나았다. 세상에서 가장 비싸고 어려운 일은 사람의 마음을 사는 일이다. 마음을 사기 위해서 필요한 게 돈뿐만은 아니지만, 돈이 필요하다면 기꺼이 치를 준비가 되어 있었다. 지금 가진 파이에서 내 몫을 더 크게 가져가는 것보다 파이 자체를 키우는 편이 모두에게 이로웠다.

눈이 휘둥그레질만한 제안 덕에 우리 회사에는 입사 지원서가 산처럼 쌓였다. 우리는 그중 유능해 보이고, 여러 언어에 능통한 직원 넷을 뽑았다. 결과는 어떨 것 같은가? 네 명의 직원은 해가 스무 번이 넘게 바뀌는 동안에도 계속 우리 회사에 키 멤버Key member로 남아 있다. 오래 일한 직원 하나가 회사에 남으면 전장에서 유능한 장군 열을 얻는 것과 다름없다는 걸 알았다. 나는 그때를 우리 회사 도약의 순간으로 기억한다. 뜀틀을 넘을 때 발판을 잘 디뎌야 수월히 넘을 수 있는 것처럼, 날기 위해서는 발 구르기에 신경 써야 한다.

2002년 이후 10년간 K리그의 평균 관중은 꾸준히 상승하고 있다. 당시 히딩크 감독은 우리나라를 승리로 이끌며 국민적 영웅이 되었을 뿐 아니라 몸값도 상승했다. 당시 대표 팀에서 맹활약한 박지성, 이영표 등은 유럽 무대에 진출하게 되었고, 지금까지도 우리나라의 많은 선수들이 유럽에서 활동하게 되는 계기가 되었다. 2002년 우리나라를 뜨겁게 달궜던 황선홍, 김병지, 이용표, 이천수 등은 '골 때리는 그녀들'의 감독을 맡고 있다. 20년 전 심천의 취업 박람회에서 구인을 하던 우리 회사도 많이 성장했다. 그래서인지 지금 한국 축구를 볼 때면 나는 그 역사를 함께 살아 낸 사람처럼 마음이 뭉클해진다.

삶은 의외로 공평한 게임이다. 누구에게나 도약의 순간은 온다. 중요한 것은 도약의 순간을 알아채고, 그 순간에 제대로 발 구르기를 하는 것이다. 더 높게 날 수 있도록, 더 오래 뛸 수 있도록. 당신이 도약하는 순간은 언제일까? 혹시 지금일까?

잊을 수 없는 낯섦의 순간

그때였다. 내게 어떤 '낯섦의 순간'이 찾아온 건.
나의 배경이 사라지고 오직 나만 남았을 때의 느낌.

도시락.

그건 내가 회사를 그만두고 난 뒤에 들은 충격적인 단어였다. 도시락은 대기업에서만 오래 일하다 그만둔 사람을 사기꾼들이 부르는 멸칭이라고 한다. 사기를 쳐도 너무 쉽게 넘어가기에, 도시락처럼 까먹기만 하면 된다고 해서 그렇게 부른다고 한다. 일반적인 사람이라면 사기꾼의 지나치게 좋은 제안, 그럴듯한 사탕발림을 경계하기 마련이다. 그러나 대기업에서 부장 이상의 자리를 유지하다 온 사람은 그런 의심을 잘 하지 않는다. '나 정도면 이런 근사한 제안을 받는 게 당연하지' 혹은 '내가 어떤 사람인데'

와 같은 생각은 사람의 시야를 좁게 만든다. 상대가 내가 다니는 회사 때문에 나에게 잘해 준다는 생각은 점점 흐려지고, 나라는 사람이 대접받을 만한 사람이라는 착각에 빠진다. 내가 몸을 담고 있는 조직의 후광을 나의 매력으로 오해해서는 안 된다. 쉽게 말해 내가 대기업을 다닌다고 해서 내가 대기업인 것은 아니다.

나는 아니라고 생각하는가? 지금은 이렇게 말하지만, 내가 동종 업계 1위의 회사에서 독립했을 때도 비슷한 착각 속에 있었다. 회사에서 능력을 인정받았고, 내가 만나는 바이어마다 나를 늘 환영했기에 자신감이 있었다. 우리는 과거의 실패에서 교훈을 얻어야 하고, 성공에서 자만을 얻지 말아야 한다는 걸 잊었다.

'회사가 중요한 게 아니라 내가 중요하지. 다들 날 보고 거래한다고 했으니까.'

독립 후에 나는 기존에 내가 담당한 거래처와 거래하기보다는 나의 능력을 시험해 보고 싶었다. 그래서 일본의 캐릭터 전문 기업 중 하나인 산리오Sanrio의 바이어를 찾아갔다. 이제 막 독립한 사람이 첫 거래처로 삼기에는 아주 큰 회사였지만 나는 나의 능력을 믿었다. 미팅 자리에서 바이어가 물었다.

"독립을 축하해요. 그래서 지금은 어떤 일을 하고 있어요? 어떤 바이어와 일해요?"

"아직 일하는 바이어는 없어요. 그렇지만 E.J.Kim이라고 하면, 과거 어떤 바이어를 했는지 어느 정도 실적을 올렸는지 아실 수 있잖아요."

그는 호탕하게 웃었다.

"아, 물론 알고 있지요. 그러나 새로 독립을 한 후에는 어떤 회사와 거래하고 있는지 실적을 알아야 담당 직원을 배정할 수가 있습니다."

나는 바이어의 질문 앞에서 한없이 작아졌다. 기업의 울타리 안에 있을 때의 이력만 있었지 독립 후에 가진 이력은 없었다. 나를 가려 주던 그늘이 벗겨진 기분이었다. 그때였다. 내게 어떤 '낯섦의 순간'이 찾아온 건. 나의 배경이 사라지고 오직 나만 남았을 때의 느낌. 큰 조직을 뒤에 업고 있을 때는 알 수 없었던 알아차림이었다. 강신주 작가는 〈철학이 필요한 시간〉에서 하이데거의 철학을 설명하며, 아주 예외적인 경우에만 우리 삶에 낯섦이 찾아온다고 말했다. 예외적인 경우라는 건 친숙하지 않은 특이한 사건이 일어났을 때를 말한다. 그 낯섦의 순간에 우리의 생각은 깨어나고 활동한다. 그 낯섦의 순간이 올 때만이 내가 평소에 항상 생각하며 사는 건 아니라는 걸, 깨어 있지 않다는 걸 알아차릴 수 있다. 나는 지금도 명상을 통해 '알아차리고' '깨어 있기' 위해 노력한다.

대기업에서 독립해서 첫 거래를 성사시키기 위해 고군분투하던 그때가 내 인생의 낯선 순간이었다. 대기업에 다닌다고 해서 내가 대기업은 아니라는 걸, 그때 나는 깨달았다. 알고 있다고 생각했으나 실은 알고 있다고 착각한 것뿐이라는 것도.

회사에서 나오고 나니 큰 거래처의 사장님과 인사를 하는 것은 쉬웠으나, 담당자들과 업무 미팅을 하는 것은 쉽지 않았다. 현재 실적이 없으니 과거에 함께 일하지 않았던 신규 바이어와는 미팅을 잡는 것조차 어려웠다. 그렇지만 한 번도 이전 회사의 거래처에 연락해서 과거의 히스토리를 읊조리며 나와도 거래를 하자고 부탁하지는 않았다. 나는 그들에게 새로운 방식을 제안했다. 나의 약점을 온전히 받아들이고 나니 감수할 수 있는 것도 보였다.

"저 독립한 거 아시죠? 한번 미팅을 했으면 해요."

"축하해요! 그렇지만 제가 이미 거래처vendor가 있어서요. 미팅은 좀 곤란해요."

"기존 밴더가 있는 거 알아요! 제가 기존에 거래하던 밴더들의 오더를 빼앗아서 그 거래처에 피해를 주려는 건 아니에요. 제가 지난번에 디즈니 캐릭터로 일 년 치 디자인을 이 주 만에 뽑아 낸 거 아시죠? 이번에도 그런 걸 보여 드리고 싶어서 그래요."

"음."

"한번 보기만 해도 괜찮아요. 담당 직원들이 일단 보고, 아니면 아닌 거죠. 잃을 게 없을 걸요?"

바이어와의 미팅은 그제야 잡혔다. 상대가 이미 거래하고 있는 거래처를 흠잡으면서 빼앗으려고 하는 태도로 접근하기보다 내가 줄 수 있는 것을 강조하는 것이 중요했다. 미팅 후에 나는 파격적인 제안을 덧붙였다.

"납품한 물건에 대한 대금은 원래 치르던 시점보다 더 늦어도 좋아요. 선적일 기준으로 30일 이후에 주셔도 괜찮아요. 우리가 그 정도 신뢰 관계는 있잖아요."

바이어와는 L/C 신용장이나 T/T 전신환 송금을 통해 거래한다. 신용장은 수입업자의 요청에 따라 수입업자가 거래하는 은행에서 수출업자가 발행하는 환어음의 결제를 보증하는 문서다. 전신환은 수입 대금의 지급을 은행을 통해 전신 또는 텔렉스를 이용하여 송금하는 방식이다. 즉 계좌 이체로, 아주 간편하다. 이렇게 거래한다고 해도 주문할 때 대금의 70%가 들어오고, 상품이 배에 실릴 때 나머지 30%를 받는다. 이렇게 하지 않으면 여러 위험을 감수해야 할 수도 있다. 주문을 받고 자재를 모두 구입했는데 바이어 쪽에서 주문을 취소할 수도 있기 때문이다. 나는 이 지점을 파고들었다. 주문을 하는 기업의 규모가 크고, 이제까지 거래를 해 온 신뢰가 있었기에 해 볼 수 있는 배팅이었다.

바이어로서는 거절하기 어려운 파격적인 제안이었다. 내 위치가 어딘지 확인하자 내가 감수할 수 있는 것이 무엇인지 보였다. 한 바이어와 거래가 시작되자 그 후부터는 일사천리였다. 처음 거래의 물꼬를 튼 회사가 큰 회사였기에 다른 회사들도 우리 회사에 일을 맡기기 시작했다. 도미노처럼 거래가 밀려왔다.

나는 대기업이 아니다. 그렇지만 독립했을 때 대기업이 가지고 있는 정도의 서비스와 마인드를 갖추었다. 그게 내가 바이어에게 어필했던 점이었다. 지금은 안정적으로 여러 회사와 거래하고 있지만, 나는 여전히 그때 그 낯섦의 순간을 잊지 않으려 노력한다. 99번 잘해도 1번 잘못하면 잘못한 그 한 가지가 생각나는 게 사람이다. 완구를 만들었는데 혹시 아이들이 가지고 놀다 부러뜨리지는 않을지, 빨간색으로 된 캔버스 백을 만들었는데 비 오는 날 흰색 블라우스를 입은 사람의 옷에 미세하게 오염이 되지는 않을지. 나는 걱정이 많았다. 어느 정도 안정이 된 지금도 긴장의 끈을 놓치지 않고 있다.

당신에게도 낯섦의 순간은 찾아올 것이다. 친숙함에서 멀어져 모든 것을 객관적으로 보게 되는 그 알아차림의 순간. 중요한 것은 그 순간을 통해 당신이 어떤 것을 얻게 되는지가 아닐까? 당신에게 낯섦의 순간은 언제였을까?

사랑받고 싶은 사람이 해야 할 일은, 무릇

내 시간을 들여 함께한다는 것, 지켜봐 준다는 것.
그게 내가 애정을 보여 주는 방식이었다.

사랑받고 싶은가? 우리는 모두 사랑받고 싶어 한다. 가족에게, 연인에게, 친구에게, 회사 동료에게, 상사에게, 직원에게, 고객에게, 대중에게. 어쩌면 우리는 평생 사랑을 갈구하느라 이렇게 노력하는지도 모르겠다. 미래학자들은 지금은 돈이 없는 사람이 가난한 사람 취급을 받지만, 미래에는 관계가 빈곤한 사람이 가난한 사람으로 구분될 거라 말했다. 우리는 이미 무의식중에 이런 것들을 알고 있나 보다. 사랑받고 싶은 마음이 그토록 간절해서인지, 여기저기 사랑받는 법에 대한 콘텐츠가 넘친다. 그중에서도 나는 영화 〈이보다 더 좋을 수 없다〉에 나온 이런 대사를 좋아한다.

"당신은 내가 더 좋은 사람이 되고 싶게 만들어요You make me want to be a better man."

상대를 속이거나 누구인 체하는 것도 한때이며, 우리는 결국 우리 본연의 모습을 보여 줄 수밖에 없다. 사랑받고 싶은 사람이 해야 할 일은 무릇 사랑받을 만한 사람이 되는 것이다. 연애뿐일까? 일을 할 때도 상대에게 관심과 존경을 받고 싶다면, 그럴 만한 사람이 되는 것이 유일한 지름길이다.

기업에서 독립한 후 나는 나만의 울타리를 만들어야 했다. 직원들은 나의 부하라기보다는 동료이자 가족이나 다름없었다. 이들이 신뢰할 수 있는 리더, 좋아할 만한 상사가 되기 위해서는 내가 그런 사람이어야만 했다. 회사의 시작부터 지금까지, 나는 직원들에게 자본과 시간을 쏟는 것을 아끼지 않는다. 회사의 입장이 아니라 직원의 입장에서 좋은 것이 무엇인지 파악해서 그걸 제공하려고 했다. 이익을 분배해야만 직원들이 진심으로 회사에 최선을 다할 것 같았다. 그중 마음을 써서 다듬은 것은 출장에 대한 것이다.

직원을 출장 보낸 후에 출장비를 주는 방법은 대략 세 가지다.

하나는 일정한 금액을 준 후에 직원이 그 안에서 알아서 숙박과 식사, 교통 등을 책임지게 하는 일이다. 이렇게 하면 직원은 출장비를 아끼기 위해 값이 싼 호텔에서 머물고, 비좁은 좌석에 몸을 욱여넣고 이동하게 된다. 두 번째는 실비 정산을 해 주는 방법이다. 자기 돈을 먼저 써야 된다는 부담 때문에 역시 여유롭게 다니기는 어렵다. 세 번째가 우리 회사가 23년 동안 유지한 방법이다. 호텔은 실비 정산을 하고, 직급별로 하루 수고비를 계산해 출장비를 준다. 출장비는 직원들의 한 달 반찬 값은 거뜬할 만큼 여유롭게 제공한다. 이렇게 해야 직원이 비싸지만 쾌적하고 안전한 호텔에 머무르면서도 출장 후에 가져갈 수 있는 돈이 많아진다.

누군가는 이렇게 생각할 수도 있을 것 같다. 뭐 하러 비싼 호텔에 머무르게 하냐고. 비싼 호텔 값까지 직원에게 넉넉하게 주면, 직원이 가성비 좋은 호텔에 머무르면서 차액도 가져갈 수 있는 것 아니냐고 말이다. 그러나 출장은 대개 바이어를 만나는 일이기에 바이어에게 우리 회사의 직원이 어떤 호텔에 머무는가를 보여 주는 일은 우리 회사의 품격을 알리는 일이기도 하다.

독립하기 전 회사를 다닐 때, 출장을 가면 우리는 늘 오성급 호텔에 머물렀다. 그 회사에서는 출장비를 첫 번째 방식으로 지급

했기에 저렴한 호텔에서 숙박하며 돈을 아끼고 싶은 직원의 불만이 종종 있었다. 나도 드러내 놓고 상사에게 불평을 했다.

"전무님은 출장비가 하루에 500불이잖아요. 우리는 220불이란 말이에요. 출장비가 차이가 나는데, 같은 호텔에 꼭 묵어야 한다는 건 우리에게 너무 불공평해요. 값이 싼 호텔에 가서 잘래요."

"안 돼. 여기서 자야 해."

"왜요?"

"내일 아침에 바이어가 데리러 올 거잖아. 그때 우리 모두 여기서 잔다는 것, 회사가 직원을 이렇게 대접한다는 걸 보여 주는 게 중요해. 그래야 바이어도 우리 직원을 소중하게 여기지."

그제야 회사의 정책을 알 것 같았다. 회사에서는 바이어와 식사를 할 때에도, 식사가 끝나면 회사 차로 직원을 보내서 직원들을 한 명씩 집까지 바래다주는 모습을 보여 주었다. 접대가 필요할 때에는 엔터테인먼트를 담당하는 부장이(우리는 농담으로 엔까이부쬬宴会部長라고 불렀다) 전담을 하지, 업무를 담당하는 여자 직원을 동석시키지는 않았다.

그곳에서 나는 내 사람을 소중히 대한다는 걸 남들 앞에서도 보여 주어야 한다는 걸 알았다. 그래야 다른 사람도 내 사람을 소중하게 대한다. 실제로 모든 직원이 비싼 호텔에서 나오는 걸 본 바이어는 종종 놀라곤 했다. 지금도 나는 직원을 바이어나 다른 회사 사람 앞에서 질책하지 않는다. 기존 회사 출장 정책에서 좋은 점만 취하고, 약한 점을 보완해서 직원에게 가장 유리한 정책을 만들었다. 마음이 닿은 걸까? 직원들에게 먼저 내어 준 사랑은 늘 돌아왔다. 우리는 닮고 싶은 사람, 되고 싶은 사람을 곁에 두기 때문이다.

한번은 급하게 제작해야 하는 샘플이 있었는데 중간 관리자가 지시를 잘못 내려서 새로 만들어야 하는 일이 생겼다. 밤새 작업해도 아침에 해외로 DHL 발송을 할 수 있을지 없을지 모르는 긴박한 상황이었지만 꼭 기한을 맞춰야 하는 중요한 일이기도 했다.

"할 수 있겠어?"

"해야죠."

직원들은 자정이 가깝도록 개발실을 지키고 있는 내게 얼른 집에 들어가라고 손짓했다. 재촉에 못 이겨 집에 들어갔다가 아침 6시에 다시 개발실을 찾았다. 200여 명의 R&D 직원 중 현장에 남은 50여 명의 눈이 토끼처럼 빨갛게 충혈되어 있었다. 공기 속에 둥둥 떠다니는 그들의 피로가 느껴졌다. 묘한 자부심과 해냈다는 공동체 의식도.

"이걸 결국 다 해낸 거야?"

"그럼요."

"정말 고생했어."

그들의 까칠한 피부를 보는데 울컥 눈물이 솟았다. 연신 고맙다고 하는 내게 그들은 각국의 언어로 괜찮다는 말을 전했다. 홍콩에 본사가 있는 회사답게 다양한 언어를 쓰는 각국의 사람들이 함께 일하고 있었고, 난 여러 언어 속에서 마음이 벅차오르는 걸 느꼈다.

"괜찮아요."

"일 없습네다."

"没问题 méi wèn tí"

그 다양한 언어 안에서 느껴지는 애정을 뭐라고 말할 수 있을지 모르겠다. 그때 개발실에서 함께 밤을 새웠던 직원들 중 상당수는 20년이 지난 지금도 나와 함께 일하고 있다. 내가 나이를 먹은 만큼 젊었던 그들도 중년이 되었다. 주름살이 생긴 그들의 얼굴을 보며 나는 세월의 빠른 속도에 놀라면서도, 그들과 삶을 함께했다는 연대감을 느낀다. 더 싸고 좋은 인력이 넘쳐나는 시장에서, 나는 그들을 끝까지 지켜 줘야겠다는 다짐을 한다. 출장 가는 길에 비행기에서 보았던 영화, 〈와인 미라클Bottle Shock〉에는 이런 대사가 나온다.

"포도밭에 가장 좋은 비료는 주인의 발자국 소리야."

리더가 사랑을 보여 주는 방법은 단순히 자본뿐만이 아니다. 자본은 여유가 있는 기업이라면 얼마든지 뿌릴 수 있다. 그러나 내 시간을 나누어 주는 건 다르다. 부자에게나 빈자에게나 시간은 공평하니까.

내 시간을 들여 함께한다는 것, 지켜봐 준다는 것. 그게 내가 애정을 보여 주는 방식이었다. 그 사랑을 돌려준 직원들에게 여전히 고맙다. 직원들은 여전히 내게, 더 좋은 사람이 되고 싶은 마음을 갖게 해 준다. 나도 〈이보다 더 좋을 순 없다〉의 멜빈 유돌처럼 말해 보리라.

"당신은 내가 더 좋은 사람이 되고 싶게 만들어 줘요."

대충대충이 가르쳐 주지 않는 마음

눈 가리고 속임수를 잘 쓴다고 해도,
내가 안다는 그 사실 때문에 나는 정도를 걷게 된다.

한때 인터넷에 '대충 살자'라는 말이 유행한 적이 있었다. '대충 살자. 무엇무엇처럼'이라는 글자 아래, 무언가를 대충하는 사람의 사진이 붙어 있었다. 짝짝이 양말을 신은 배우 사진을 붙여 놓고 '대충 살자, 양말 색만 같으면 상관없는 배우처럼'이라거나, 드라마 속에서 코드를 꽂지 않고 다림질하는 스틸 컷 아래 '대충 살자, 코드 안 꽂고 다림질하는 주인공처럼'이라고 써 놓은 식이었다. 나도 그 사진들을 보며 웃었지만 '대충 살자'라는 말에는 동의하기 어려웠다. 무슨 일이든 그렇겠지만 사업은 대충해서 성공할수 없는 분야다. 가끔 '우연한 기회를 잡아 성공'했다는 사업가의 성공담이 들리기도 한다. 기막힌 아이디어를 얻었다거나 별생각 없이 투자한 회사가 대박이 났다는 식이다.

그러나 우연한 성공은 없다. 때를 잘 만났을 수도, 마침 가려던 방향으로 바람이 불었을 수도 있지만, 운으로만 하는 성공은 몇 년을 넘기기 어렵기 때문이다. 먼 길을 가다 보면 반드시 몇 번은 넘어질 일이 생긴다. 대충해도 괜찮다는 마음은 그래서 위험하다.

특히 사업을 시작할 때는 여러 가지 현실적인 제약 앞에서 작아짐을 느끼고, 일단은 대충이라도 시작하고 보자는 유혹에 흔들린다. 규모는 작고, 자금은 넉넉하지 않고, 인력도 부족한 상황에서 기초를 다지는 일에 에너지를 쏟는 건 부담스럽다. 최근에는 ESG*의 중요성이 부각되면서 작은 기업도 노동자의 인권, 환경 보호, 사회적 책임 등에 주의를 기울이지만 내가 회사 경영에 참여하던 때만 해도 그런 의식이 널리 퍼져 있지는 않았다. 이제 막 사업을 시작하는 사람들은 흔히 이런 핑계를 대곤 했다.

"우리 같은 작은 회사에 누가 신경이나 쓰겠어."

"노동 인권? 윤리 경영? 그런 건 살림살이가 좀 넉넉해진 후에

---

* 기업의 비재무적 요소인 environment, Social, Governance를 뜻하는 말

해도 괜찮잖아."

"시스템은 나중에 갖추자. 일단 몸집을 키우고."

회사의 경영 구조를 건전하게 하고, 의사 결정 라인을 표준화하고, 자금의 흐름을 투명하게 하는 일에는 자본뿐 아니라 시간과 에너지가 들었다. 그러나 사업을 시작할 당시에 나는 이런 기초를 탄탄하게 만드는 것이 회사의 장기적인 비전을 위해 무엇보다 중요하다고 생각했다. 지금 할 여력이 없다고 미뤘다가는 나중에 더 큰 값을 치를 것 같았다. 규모가 큰 회사를 다니면서 자연스럽게 체득한 깨달음이었다. 회사가 막 걸음마를 시작할 때, 나는 ISO(International Standard Organization)를 받기 위해 노력했다. ISO는 제품이나 서비스를 표준화하는 국제 위원회다. 표준화를 통해 국제적 교류를 용이하게 하고, 신뢰 속에서 거래할 수 있게 돕는다. ISO에서 인증을 받는다면 '이 회사는 품질 관리 및 사후 관리 등에서 믿을 수 있다'라는 보증을 받는 거나 다름없었다.

인증을 받는 과정은 생각했던 것보다 더 험난했다. 가장 어려웠던 건 직원들의 공감대를 형성하는 일이었다. ISO를 받기 위해서는 기관에서 조직원 전체를 인터뷰해야 했는데, 직원들은 바쁘고 정신없는 상황에서 그런 인터뷰에 응하는 걸 기꺼워하지 않았다.

"이런 걸 꼭 해야 해요? 다른 데는 안 하잖아요."

"우리 회사 오래 다니고 싶지? 사업을 계속하려면 이걸 꼭 해야 해."

"왜요?"

"우리는 작은 회사잖아. 글로벌한 기업들이 우리를 뭘 믿고 주문을 넣겠어? 우리가 괜찮은 기업이라고 중간에서 인증 기관이 보증을 서는 셈이야."

나는 가끔 ISO 인증을 핑계 삼아 직원들에게 엄격한 관리와 투명성을 종용하기도 했다. 혼자서 직원들을 설득하기 어렵거나, 나의 의견을 뒷받침해 줄 누군가가 필요할 때 ISO 인증은 좋은 근거가 되어 주었다. 말하자면 그들의 권위를 내 사업에 이용한 셈이다.

때로는 ISO가 가져다주는 표준화된 공정 과정에 불만을 품는 직원들도 생겼다.

"A부서에서 서명을 해야 우리가 작업을 진행할 수 있다는 거잖아요. 그럼 A부서가 우리보다 위에 있다는 거 아니에요? 그런 거 싫어요."

"문제가 여기서 발생하면 우리가 책임져야 하는 게 너무 명확하게 드러나잖아요. 책임자를 찾는 것 같아서 거부감 들어요."

중국 문화에서는 이런 방식이 어색할 수도 있었다. 그러나 덕분에 문제가 생겼을 때 그 문제가 어디서 생겼는지 추적하기도 쉬웠고, 직원 개인이 횡령을 하거나 월권을 행사하기도 어려웠다. 어렵게 직원들을 설득해 ISO 인증을 획득했지만, 그건 아주 기초적인 시작에 불과했다.

맥도널드, 디즈니, 반다이 같은 대기업들은 각자 자신만의 표준검사 기준에 의거해서 일종의 기업 테스트를 만든다. 우리가 거기서 인증서를 받지 못하면 아예 거래가 성사될 수 없었다. 각 기업체마다 공장을 검사하는 특색이 있는데, 반다이의 에피소드가 재미있다. 우리 공장을 찾아올 때마다 엄격하게 검사를 실시한 나머지, 공장의 직원들이 꾀를 부린 것이다. 그들이 요구하는 청결함의 수준은 아주 높았다. 한번은 우리가 공장 청소를 깨끗하게 했다고 자신하고 있을 때였다. 검사관은 반짝거리는 바닥을 대충 둘러보더니, 점프를 해서 형광등 위를 손으로 닦았다. 검사관의 흰 장갑에 먼지가 묻었다. 또 한번은 신발장을 밀어 벽에 붙은 신발장의 뒷면을 검사하기도 했다. 형광등 위를 닦거나 신발장 뒷면을 청소한 후에 그들을 맞아도 소용없었다. 그들은 늘 새로운 방법을 고안해 왔으니까. 그들이 제시한 지켜야 할 매뉴얼만 책으로 80장이 넘었다. 청소에 지친 공장 직원들은 인증을 위한 공장 감사원이 오자 10개의 창고 중 8개 창고의 문을 닫아 버렸다. 8개는 운영하지 않는 척 눈속임을 하고 싶었던 거다.

"창고 좀 볼까요?"

검사관이 찾아오자 공장 직원은 청결하게 관리되는 A동을 보여 주려 했다. 그런데 이 검사관은 호락호락하지 않았다.

"저기, 건물 색깔이랑 모양이 다 같은데요. 잠겨 있는 저곳들은 뭐죠?"

"아, 쓰지 않는 곳이에요."

"그래요? 한번 볼까요?"

결국 어떻게든 최소한의 공간만 검사를 받고자 했던 공장장의 노력은 물거품이 되었다. 그 일은 공장 감사원Auditor을 통해 커스터머에게 보고되었다. 공장 감사원은 이 공장이 바이어의 요구에 부합되는지 판단하는 사람이다. 보고는 꼬리에 꼬리를 물었고, 결국 나는 커스터머를 통해 역으로 연락을 받게 되었다.

"공장장님, 왜 그랬어요!"

"아니, 그렇게까지 보고가 들어갔어요? 그냥 넘어가는 일이 없네."

"이런 일에는 요령이 없어요. 그냥 충실하게 지켜야 해요. 그게 결국은 공장장님 일을 덜게 되는 거라는 걸 왜 모르세요?"

이렇게 회사가 시작할 때부터 표준 인증을 받는 시도를 계속했기에, 이후 새롭게 요구되는 규격이나 제도에도 우리 회사는 금방 적응했다. 기존에 인증을 받았던 기업이라면 새로운 기준에 맞추는 것이 어렵지 않지만, 백지 상태에서 새 기준에 맞추려고 한다면 많은 시간과 자원이 든다. 만약 회사가 시작할 때부터 이렇게 탄탄하게 기초를 잡아 두지 않았다면 어땠을까?

가끔 이런 에피소드를 말하면 뭐 하러 그렇게 유난을 떨며 회사를 운영하느냐고 말하는 타 회사 경영진도 있다. 그런 회사 중 상당수는 문을 닫았다. 경영의 시류를 따라가지 못했기 때문이다.

사업뿐 아니라 무엇이든 기초가 탄탄한 것이 중요하다. 주식을 할 때도 기업의 가치를 먼저 평가해야 하고, 대기업이 함께 일할 기업을 고를 때도 재무 구조를 먼저 본다. 보드게임 젠가를 할 때에도 나는 상대를 공격하기 위해 위보다는 아래 블록을 먼저 뺀다. 아래에 구멍이 많은 젠가는 금방 무너지기 때문이다. 자신이 현재 가지고 있는 것만 소비하면서 시작부터 대충대충 한 기업, 그 기업의 미래가 튼튼하기는 어렵다.

〈담론〉의 저자 신영복 님의 말씀이 생각난다.

"소비를 통해서 자기 정체성을 만들어 낼 수는 없다. 인간의 정체성은 생산을 통해 형성된다."

내가 기업을 만들어 가는 것이 어떤 생산이라면, 그것은 사실상 나의 정체성을 만드는 것이나 다름없다. 나의 정체성을 대충대충 만들 수는 없는 노릇이다. 하여 눈 가리고 속임수를 잘 쓴다고 해도, 내가 안다는 그 사실 때문에 나는 정도를 걷게 된다. 지금까지 만들어 낸 나의 정체성이 나는 퍽 만족스럽다. 나만의 것을 만들어 내려는 노력은 오늘도 계속된다.

천천히, 그렇지만 물러나지 않는 한 걸음

오늘도 나는 한 걸음씩 천천히 계단을 오른다. 내가 시간과
노력을 들여 오른 계단인 만큼, 물러나지 않는 한 걸음이다.

늘 탄탄대로를 달린 사람을 부러워한 적이 있는가? 에스컬레
이터를 타고 꼭대기까지 오른 사람은 다시 바닥에 내려왔을 때
계단 오르는 걸 힘들어하기 마련이다. 회사 생활도 마찬가지다.
현장에서부터 차근차근 일을 배워 가며 한 계단 두 계단 차근차
근 관리직의 자리에 오르는 사람과, 실무에서 어떤 일이 벌어지
는지 모르는 채로 갑자기 리더가 된 사람이 보는 세계는 다르다.
현장을 경험하지 못한 리더는 현장이 왜 그렇게 돌아가는지 이
해하기 어렵고, 이해하지 못하기에 엉뚱한 지시를 내리거나 제
대로 된 해결책을 제시하지 못할 때도 있다. 가끔은 리더가 현장

을 잘 모른다는 점을 이용해 자신의 이익을 챙기는 직원을 만날 수도 있다.

처음부터 의도한 건 아니었지만 나는 바닥부터 차근차근 밟은 리더가 되었다. 중국어를 잘했기에 직급이 낮았을 때부터 공장에 파견되었다. 공장에서 어떤 식으로 제품을 생산하고, 어떤 프로세스에서 문제가 발생하는지 문자 그대로 눈으로 보고 배웠다. 현장에 들어가서 중국인 관리자들과도 현실적인 대화를 나누고, 내가 할 수 있는 일들은 직접 몸을 움직여 배우기도 했다. 정직한 땀의 힘과 열정을 믿었기 때문이다.

'왜 나만 현장에 가야 하는 거야? 어리다고 힘든 일을 내게 맡기는 거 아냐?'

일을 할 때는 내가 왜 이런 것까지 알아야 하나 의문을 품기도 했지만, 지나고 나니 그 경험도 내게 약이 되었다. 또한, 바이어를 만나서 계약을 따내고 거래를 성사시키는 일을 오래 했기에 영업이나 거래처 관리도 내 전문이었다. 계약서에 도장이 찍히는 순간부터 제품이 디자인되고 물건이 생산되는 과정, 그것이 소비자에게 전달되는 과정까지 내가 겪지 않은 부분이 없다. 그러다 보니 직원들이 자신의 전문성을 내세워 내가 모르는 일을 벌이거나, 나를 속이려 하는 일은 없었다. 오히려 문제가 빠르게 해결되지 않을 때 나를 찾고는 했다.

"대표님, 큰일 났어요!"

가끔 직원들은 얼굴이 하얗게 질려 내 방문을 두드린다.

"무슨 일이에요?"

직원들이 호들갑을 떤다고 해서 리더가 같이 마음이 흔들려서는 안 된다. 경험상 이렇게 직원이 떨고 있는 경우의 70%는 큰일이 아니었다. 내가 전화로 해결할 수 있거나 조금의 손해를 감수하고 마무리 지을 수 있는 일이 대부분이다. 그러나 중요한 건 나머지 30%다. 가끔은 직원이나 협력 업체의 실수로 40피트 컨테이너 몇십 대 물량의 납기가 지연되거나, 제품 색상이 잘못된 채 생산되는 경우도 생긴다.

"입고된 원단들이 로트*별로 색상 차이가 너무 커요. IQC**를 너무 믿었나 봐요. 제가 제대로 관리를 못했네요."

이번엔 나머지 30%의 경우였다. 그도 그럴 것이 오더의 양이 너무 많으면 원단도 여러 번 작업하게 되는데, 그럴 경우 처음 컨

---

* Lot. 1회에 생산하는 제품 단위
** 입고 검사를 하는 직원

펌한 색상과 달라지는 사고도 발생한다. 최악의 경우 원단 수백 롤이 미세한 차이를 보인다. 이 주일 안에 제대로 된 제품을 선적해 주어야 하는데 생산에서 문제가 발생한 경우였다. 공급 기한을 연장하자니 클라이언트의 신뢰를 잃을 수 있었고, 공장에 무리하게 부탁하자니 공장 일정이 가능한지 확신할 수 없었다. 확인해 보니 제품 전체가 잘못된 것은 아니었기에, 원단 롤별로 비슷한 색상들을 모아서 세트로 작업을 하는 일부 작업 공정만 추가하고 수정하면 가능할 것 같았다. 공장의 프로세스가 어떤지 알고 있는 나는 그 길로 공장으로 달려가서 커스터머들이 만족할 만한 수준의 기준을 세워 주었다. 기준을 세워 주고 해야 할 일을 정해 주면, 사태의 심각성을 아는 직원들은 재빨리 움직여 준다.

일반적인 경우에 공장에서 일하는 직원들은 본사의 사무직이 오면 그들이 공정을 제대로 이해하지 못할 거라는 생각에 한숨부터 쉬고는 한다. 그러나 나의 직원이나 나와 오래 일을 함께해 온 이들은 내가 공장 업무에도 잔뼈가 굵고, 그들에게 더 좋은 해결책을 제시할 수 있을 것이라는 것을 알고 어서 와 달라고 SOS를 보낸다. 양쪽에 대한 이해가 다 있는 내가 가니 문제 해결이 보다 수월했다.

수정할 수 있는 부분만 빨리 수정하면 제품 공급일에 빠듯하게 맞출 수 있을 것 같았다. 만약 직원을 보냈더라면 나와 직원, 공장 사이에서 커뮤니케이션을 위해 몇 번의 핑퐁이 돌았을 것이고, 그만큼 문제 해결은 더 미뤄졌을 것이다. 한숨 돌린 나는 실수를 한 직원에게 말했다.

"급한 불 껐다고 방심하지 말고 매일매일 수시로 체크하고. 일단 선적까지 다 끝난 후에 전체 부서 회의해서 재발 방지 대책을 세우죠."

"네, 잘 알겠습니다. 정말 죄송합니다. 그리고 감사합니다."

직원의 실수를 내 실력으로 덮어 줬을 때 중요한 건 그의 잘못을 동네방네 알리지 않는 것이다. 아주 드문 경우지만, 큰 사고는 여러 단계를 거침에도 불구하고 발견되지 않고 있다가 결정적인 순간 눈에 들어온다. 마치 책을 만들 때 여러 번 교정을 봤음에도 불구하고 오탈자가 있는 것과 같은 것이라고나 할까. 직원의 부주의로 확인이 늦어지거나 잘못되어서 컨테이너 몇십 대 분량의 작업물을 새로 만들어야 할 때, 문제를 대신 해결해 준 후에 직원들에게 일갈하는 것은 괜찮을지 모르지만 공장이나 클라이언트에게 직원의 실수를 알릴 필요는 없다. 잘못에 대해 계속 혼을 내

거나 직원이 신뢰를 확보해야 할 대상에게 알리게 되면, 직원이 나중에 실수를 했을 때 거짓 보고를 하기 때문이다. 때로는 혼이 날 게 두려워 보고를 미루거나, 서로 다른 부서 탓을 하다가 수습할 수 없을 만큼 커지기도 한다. 내 뒤를 지켜 주는 리더가 있다는 믿음이 있어야 직원도 마음 놓고 일할 수 있다.

나는 그런 리더가 되고 싶었다. 사실 이런 사고 해결을 통해서 나의 효능감은 최대치로 올라갔고, 무사히 일을 마무리함으로써 이후 오더들까지 더 잘 들어올 것이라는 안전감도 커진다. 그 순간 밥을 먹지 않아도 배가 고프지 않고, 잠을 자지 않아도 피곤하지 않다.

직원에게 신뢰를 얻는 일은 상사라면 누구나 바라는 일일 것이다. 그래서일까. 자신의 성과를 부풀려 자랑하거나 직원을 누름으로써 권력을 얻으려는 리더도 있다. 그러나 내가 리더라고, 내가 돈을 주는 사람이라고, 혹은 왕년에 내가 이렇게 잘나갔다고 아무리 말해도 직원의 신뢰를 얻을 수는 없다. 앞에서는 호응해 줄지 몰라도 직원의 진짜 마음까지 사기는 어렵기 마련이다. 신뢰는 직원이 해결할 수 없는 문제를 리더가 빠르게 해결할 때 생긴다. 백 번의 말보다 한두 번의 시범이 더 중요하다.

상사가 갖춰야 할 중요한 덕목 중 하나는 실력이다. 내가 현장의 일뿐만 아니라 업무 전반을 잘 이해하고 있다는 걸 알기에 직원들이 알아서 자기 검열을 하기도 한다.

　"일이 너무 많아요. 대표님. 업무량 좀 줄여 주세요."

　한번은 한국 직원이 볼멘소리를 했다. 한두 번은 달래 주었지만 조금 반복된다 싶어서 웃으며 말했다.

　"저도 그 일 다 해 봐서 아는데, 제가 지금 시작해서 하루 만에 끝내 볼까요?"

　내가 실제로 하루 만에 일을 끝낼 수 있다는 걸 아는 직원들은 멋쩍게 웃으며 업무로 돌아간다.

　"제 생각에는 A 방법으로 하는 건 너무 비효율적이에요. B로 해 보면 어때요?"

　B를 이미 해 본 나는 B에 비해 A 방법이 여러모로 더 낫다는 걸 안다. 그렇지만 무조건 내 의견을 고수하지는 않는다. 최고의 설득 방법은 직접 경험하게 하는 것이다.

　"나는 A가 맞다고 생각하는데, 하고 싶으면 B로 해 봐. 혹시 아니, 더 좋을지."

　이제까지는 대부분 내가 제시한 방법이 맞았다. 그러나 직접 겪은 후에 깨닫는 것과 리더의 강압적인 지시로 알게 되는 것은 다르다. 내가 경험했기에 알 수 있었던 것처럼 그들에게도 경험해 볼 수 있는 기회를 주고 싶었다. 그럼에도 불구하고 현재까지 나의 방식이 옳았다고 해서 앞으로도 계속 이렇게 하겠다는 생각보다는, 계속 실험하고 배우겠다는 열린 사고를 하는 것도 리더의 덕목일 것이다.

나는 직원들이 하는 일을 하나씩 들추어내며 검토하는 마이크로매니지먼트를 좋아하지 않는다. 내가 언제든 현장에 들어가거나 영업 파트너와 이야기해 상황을 파악할 수 있다는 걸 직원들이 알기에, 나의 뒤통수에도 눈이 달려 있는 것처럼 성실하게 근무에 임하기 때문이다.

공장을 경험하지 않았더라면 나는 공정의 프로세스를 다 알 수 없었을 것이다. 클라이언트에게 직접 계약을 따낸 경험이 없었더라면, 중요 고객과의 소통도 직원에게 맡겼을지 모른다.

우리나라 사람들은 권위와 위계를 좋아한다. 그러나 권위는 실력과 존경으로 만들어지고, 위계는 그런 권위를 바탕으로 만들어져야 한다. 자신의 실력과 직원의 존경 없이 만들어지는 위계는 강압적이고 폭력적인 모습을 띤다. 자신이 없으니 논리로 설득하

지 않고 자신을 무조건 따르라고 하고, 투명한 의사 결정을 보여
주기보다 직급으로 상대를 찍어 누른다. 이런 모습을 보이지 않
으려면 에스컬레이터가 아니라 계단으로 위에 올라야 한다. 그러
니 누군가가 에스컬레이터를 타고 먼저 가고 있다고 해서 부러워
하지는 않았으면 한다. 당신에게는 계단을 오름으로써 만들어지
는 당신만의 가치가, 권위가 있을 테니 말이다. 오늘도 나는 한 걸
음씩 천천히 계단을 오른다. 내가 시간과 노력을 들여 오른 계단
인 만큼, 물러나지 않는 한 걸음이다.

돌아갈 산소를, 힘을 남겨 둘 것

다시 물 위로 떠오르기 위해,
천천히 뛰어들고 천천히 떠오르자고.

<u>꼬르륵.</u>

이런 소리가 나는구나. 물속에 몸을 던지며 그런 생각이 떠올랐다. 밖에서 사람들이 물속으로 몸을 던지는 것을 보았을 때 들었던 소리는 '풍덩'이었는데, 정작 물속에 들어간 사람이 듣는 소리는 자신의 숨소리뿐이다. 발을 떼기까지는 큰 용기가 필요했다. 들어갔는데 이퀄라이징이 안 되면 어쩌지?

내가 패닉에 빠지지는 않을까? 물속에 뭐가 있을 줄 알고? 그러나 막상 물 안에 몸을 던지자 저 육지 세상보다 더 큰 평온이 찾아왔다. 엄마의 배 속에 있을 때 이런 기분이었을까. 고요했다. 엄마의 배 속에 있을 때 아이들이 바깥 소리를 이렇게 듣는다는 이야기를 들은 적이 있다. 아주 작게 웅얼거리는 소리처럼 말이다. 물속에 들어가자 새 소리도, 파도 소리도, 사람들의 환호 소리도 아득했다. 그래. 내겐 이런 시간이 필요했어.

스쿠버 다이빙은 언제나 내 로망이었다. 새뮤얼 존슨은 말했다. 자연에 등을 돌리는 것은 우리의 행복에게서 등을 돌리는 것과 같다고. 스쿠버 다이빙은 내게 자연 속으로 완전히 뛰어드는 스포츠처럼 보였다. 가끔 휴양지에 가면 물안경을 쓰고 스노클링만 하면서 스쿠버 다이빙을 하는 사람을 부러워했다. 스노클링을 하는 사람에게 허용된 건 물의 얕은 부분뿐이었지만, 스쿠버 다이버들은 깊은 곳까지 오래 헤엄을 치다 왔다. 그 밑에는 무엇이 있을까. 내가 보지 못한 세계였는데도 어쩐지 그리웠다. 나는 매일 일을 하느라 바빴고, 남는 시간에도 아이들을 보느라 정신이 없었다. 말로만 듣던 바다 속 고요를 꿈꿀 여유도 없는 날들이 쉼없이 지나갔다. 그러다 2010년, 첫째 아이가 졸업하면서 내게도 조금의 여유가 생겼다. 숨을 돌릴 수 있게 되자마자 나는 친구들과 스쿠버 다이빙을 위한 여행을 계획했다. 드디어 가는구나! 그여행을 위한 시간을 내기 위해 정신없이 일했다.

삶은 계획한 대로 되지 않고, 우리가 선택할 수 있는 건 태도뿐이라고 누가 그랬더라. 스쿠버 다이빙 여행을 앞두고 사고가 났다. 손뼈가 부러지고 깁스를 해야 했다. 꽤 큰 사고였기에 일상생활에도 지장이 많았다.

"그래서 여행 갈 수 있겠어?"

"가야지. 돈도 미리 다 냈는걸."

"그럼 스쿠버 다이빙만이라도 안 할 수는 없어?"

아들 둘은 내 팔을 걱정했다. 나라도 깁스를 하고 여행을, 그것도 스쿠버 다이빙을 하겠다는 사람을 봤다면 말렸을 것 같다. 그렇지만 그때는 이미 스쿠버 다이빙을 위한 기대감이 가득 차 있을 때였다.

인간은 기대를 먹고 사는 존재라고 하지 않나. 스쿠버 다이빙을 하는 순간이 정말 행복할 것 같아서라기보다는, 그 순간을 상상하며 행복한 지금을 놓치고 싶지 않았다. 무엇도 나를 막을 수 없을 것만 같은 기분이었다. 안 될 거라는 의사를 설득해 깁스를 반깁스로 바꾸고 필리핀행 비행기에 올랐다. 다이빙 옷은 한 손으로도 입을 수 있다고, 수영도 한 손으로 하면 된다고 나와 타인을 속이면서 말이다.

드디어 도착한 스쿠버 다이빙 교육장은 필리핀의 보홀이라는 섬에 있었다. 보홀에는 사람의 손때가 묻지 않은 아름다운 자연이 그대로 남아 있었다. 마닐라에서 경비행기로 갈아타고 보홀에 도착했을 때, 하늘에서 내려다보았던 그 풍경을 지금도 잊을 수 없다. 교육장에서는 강사가 나눠 준 옷을 입었는데 생각보다 사이즈가 컸다. 스쿠버 다이빙을 할 때 입는 전신 슈트는 몸에 꼭 맞아야 좋다. 슈트가 몸의 체온을 유지시키는 기능을 제대로 하려면 몸과 슈트 사이에 공간이 생겨서는 안 되기 때문이다.

'바꿔 달라고 할까?'

헐렁한 슈트를 입고 강사가 있는 곳으로 나왔다. 바꿔 달라고 해야 하나 말아야 하나 고민하는데, 사람이 많아서 그런지 강사들은 다 바빠 보였다. 게다가 한 다리 건너 아는 사람인지라 오히려 말하기 쉽지 않았다. 나는 업무 외에 사적인 자리에서 지인에게 싫은 소리를 하는 걸 어려워하는 편이다.

그때는 다이빙에 대해 잘 모를 때라, 괜찮을 거라 스스로를 타일렀다.

'괜히 바쁜 사람 괴롭히지 말자. 뭐, 큰 차이 있겠어?'

나이스한 모습을 보이고 싶었던 나는 덜그럭거리는 슈트를 입고 교육에 참여했다. 팔에 한 깁스를 빼고 대신 손목 보호대로 팔목을 고정하고 슈트를 입었다. 스킨 스쿠버를 하기 위해서는 자격증을 따야 한다. 자격증이 있으면 전 세계 어디에서도 다이빙을 할 수 있다. 내가 도전한 건 오픈 워터 과정이었다. 필기시험을 치고 물속에서 실습 교육을 이수하면 자격증이 나온다.

우리는 일단 얕은 물에서 장비를 사용하는 법과 착용하는 법 등을 배웠다. 산소통을 메는 방법과 2인 1조로 움직여야 한다는 팁도 알게 되었다. 산소통 중 하나가 망가지더라도 다른 사람의 산소통에 의지해서 나올 수 있어야 하기 때문이다. 그래서 산소통에는 다른 사람이 호흡할 수 있도록 호스를 연결할 수 있는 호스 연결점이 하나 더 나 있다. 둘이 짝을 지어 내려가야만 위험을 줄일 수 있다니. 이건 꼭 삶에 대한 비유 같았다. 우리는 의지할 사람을 꼭 붙들고 서로 기대어 살아가지 않나.

물속에 들어가서 종소리를 듣는 훈련도 받았다. 물속에서는 밖의 소리가 잘 들리지 않으므로 위험을 알리거나 급히 올라와야 할 일이 생길 때는 종을 울린다. 물속에서 방향을 알려 주는 것도 종소리기에, 종소리가 곧 생명 줄이 될 때도 많다. 나는 종소리를 듣고, 종소리를 따라 움직였다. 가끔 물고기를 보는 데 심취해서 종소리를 듣지 못하는 사람도 생겼다. 그건 큰 위험이었다. 그게 삶과 너무 비슷해서 나는 픽 웃었다. 삶에서도 위험한 순간에 울리는 종소리가 있다면 얼마나 좋을까? 실제로 종소리는 울린다. 다른 사람의 조언을 통해서도 울리지만, 보통은 내 안에서 스스로에게 경고를 보내는 소리다. 내 안의 소리에 귀를 기울이는 법을 잊는다면, 우리는 쉽게 위험에 빠진다.

물 안은 완전히 다른 세계였다. 영화 '니모를 찾아서'에 니모로 나오는 아네모네 피쉬라는 물고기도 보고, 보홀섬의 3대 거북이를 모두 만나는 행운도 맞이했다. 부러진 한 손 대신 남은 한 손으로 수영을 하면서도 아름다움에 정신이 빠져 내가 아픈 줄도 몰랐다.

산소통의 4/5 정도를 쓰면 다시 물 위로 올라오기 시작해야 한다. 올라가는 데도 산소가 필요하기 때문이다. 그 이야기를 들으며 나는 내가 너무 올라가기 위한 산소를 남겨 두지 않는 다이버처럼 살지 않았나 생각했다. 돌아갈 힘을 남겨 두지 않고 너무 열심히 일하지 않았나. 그래서 너무 지쳐 버리지 않았나. 어쩌면 이렇게 다쳐 버린 것도 그런 맥락에서 벌어진 일이 아닐까 싶었다. 삶의 여유를 가지지 못한 사람의 생은, 밑천이 부족한 가게 주인의 장사와 닮았다. 밑천이 부족하면 여유 있는 자금을 모을 기회도, 장사 대신 다른 투자에 눈을 돌릴 생각도 할 수 없다. 쉼 없이 일만 하다 보면 삶을 돌아보거나, 재정비할 시간을 가지기 어렵다. 스쿠버 다이빙은 내게 여러 삶의 교훈을 주는 선생님이 되어 주었다.

물 위로 올라오려면 각자 재킷에 달린 추를 잡아당겨 몸의 무게를 가볍게 해 주어야 한다. 그러면 몸이 가벼워지면서 서서히 물 위로 올라오기 수월해진다. 그렇지만 이때도 급하게 올라와서는 안 된다. 한밤중에 올라오다가 수면 위에 떠 있는 배를 제대로 보지 못하고 머리를 부딪힐 수도 있기 때문이다.

필리핀 보홀에서 우리는 10일 동안 머무르며 스쿠버 다이빙을 배웠다. 자격증을 땄고, 이제는 세계 어디에서도 다이빙을 할 수 있다. 그러나 그 과정에서 치르는 값이 만만치 않았다. 손이 성치 않은 채로 스쿠버 다이빙을 배운 것, 헐렁한 슈트를 바꿔 달라고 하지 않은 것 때문에 나는 혼쭐이 났다. 다음 수업부터 슈트를 교체했지만, 몇 시간 동안 큰 슈트와 몸 사이로 물이 다 들어와 차가운 물이 몸에 직접적으로 닿으면서 저체온증이 왔다. 지나친 추위로 어지러워서 수업을 따라가기 힘들었다. 게다가 채 다 아물지 않은 팔을 무리해서 쓴 탓에, 홍콩에 돌아왔을 때 손이 넝마가 되어 있었다.

홍콩으로 돌아온 후 어느 날 아침, 나는 세수를 하다가 팔이 완전히 돌아간 것을 발견했다. 평상시처럼 두 손으로 얼굴을 문지르는데 왼손은 손바닥이, 오른손은 손등이 내 얼굴을 닦고 있었다.

그때의 충격이란! 손등이 있어야 할 곳에 손바닥이 있었던 거다. 병원에 찾아가자 팔뼈가 다시 조각났다고 했다. 부상으로 어긋났던 뼈가 붙는 과정에서 무리하게 운동을 하다 보니 다시 조각조각 해체가 된 것이다. 결국 큰 수술을 했다. 아름다운 세계를 경험한 대가는 생각보다 비쌌다.

어떤 세계를 접할 때 나는 발을 조금씩 담그며 물의 온도를 재는 대신, 일단 뛰어들고 보는 사람이다. 스쿠버 다이버처럼 말이다. 사전 정보 없이 무언가를 온전히 즐기는 데는 큰 즐거움이 따르지만, 역시 큰 대가를 치를 수 있다는 걸 깨달았다. 그 후로 나는 무언가 새로운 걸 할 때는 미리 정보를 검색하거나 물어보고 가는 편이다.

지금 나는 더 이상 스쿠버 다이빙을 하지 않는다. 세월호 사건 때문이다. 산소통을 뒤에 업고도 물속에 뛰어들 때도 공포를 느끼는데, 아무 보호 장비도 없던 아이들이 어떤 감정이었을지 상상하게 되기 때문이다. 지금 내가 할 수 있는 것은 노란 리본을 하나 묶는 일, 그들을 잊지 않으려고 노력하는 일뿐이다.

스쿠버 다이빙은 참 삶과 많이 닮았다. 내게 큰 교훈을 준 스포츠이기도 했다. 나는 더 이상 물에 들어가지 않지만 강사에게 배웠던 다이빙의 팁들을 곱씹는다. 삶의 교훈과 참 많이 닮았던 그 노하우들을. 그러면서 다짐한다. 삶과 다이빙에서는 누군가와 함께 가자고. 돌아갈 산소를 생각하며 잠수하자고. 다시 물 위로 떠오르기 위해, 천천히 뛰어들고 천천히 떠오르자고.

삶에서 모든 걸 가지고
태어나는 사람은 없다

언니는 언니 없이 어떻게 버텼을까?

내가 언니 없이 사업을 했다고 해서,
남들에게 언니가 되어 주지 못하리란 법은 없다.

아일린 피셔는 미국 전역에 60개 이상의 매장을 둔 친환경적인 유기농 여성 옷 브랜드의 창립자다.

그녀가 자신의 사업에 너무나 골몰한 나머지 그녀의 어린 아들이 한 첫마디는 '엄마'가 아니라 '주름진 레이온'이었다는 설도 있다. 그 이야기를 들으면 웃음이 났다가도 마음이 아프다. 나도 아이를 키우는 여성 기업가로서 그녀와 비슷한 일상을 보내고 있으니 말이다.

"오늘이 학교 가는 마지막 날이라는 마음으로 열심히 공부해. 엄마랑 언제 한국에 돌아가야 할지 모르니까."

삶에서 모든 걸 가지고 태어나는 사람은 없다

예전에는 홍콩에서 국제 학교에 다니는 아들에게 이런 당부를 했다. 당시 국제 학교를 보내는 비용은 그렇게 저렴하지 않았다. 사업이 잘 되지 않으면 아이들의 교육을 책임질 수 없을 것 같았다. 물론 홍콩에 올 때에는 거주비와 교육비, 차량 모두 지원받는 소위 엑스펫*으로 왔다. 그러나 지속적으로 사업을 잘 이끌어 갈 수 있을지 불안할 때가 종종 있었다. 사업이 잘 안 되면 내가 책임지고 있는 직원들은 어떻게 되는 걸까 불안하기도 했다. 무엇보다 아이들은?

내가 그렇게 말하면 아이들은 해맑게 묻곤 했다.

"한국에 가서 엄마는 뭘 할 건데요?"

"글쎄. 아들들 좋아하는 치킨 장사를 할까?"

치킨을 팔겠다는 건 작은 사업을 하겠다는 게 아니라, 아들이 좋아하는 걸 만들어 주고 싶다는 농담에 가까웠다. 그러면 아들은 이렇게 받아치곤 했다.

"샌드위치 장사가 더 좋아요!"

치킨보다 샌드위치가 더 맛있다는 아들 덕분에 나는 진지한 고민에서 벗어나 잠시 웃을 수 있었다.

---

*Expatriate. 해외 현지에 파견되어 근무하는 직원

언제나 내게 반짝거리는 행복을 주는 아들 둘 덕에 기운을 내지만, 그렇다고 현실적인 문제가 사라지는 건 아니었다. 사업을 할 때는 언제나 긴장을 늦출 수 없었다. 고백하자면 내가 여자라는 점도, 언제나 힘을 풀지 않고 서 있을 수밖에 없었던 이유기도 했다.

나의 성별 정체성이 여성이라는 것 때문에 나는 사업에서 자주 불리한 위치에 처했다. 지금은 양성평등 이슈가 어느 정도 가시화된 사회지만, 내가 사업을 시작한 이십 년 전만 해도 성별에 따른 직업의 차이가 큰 사회였다. 결혼하면 여자는 집에서 집안일을 해야 한다고 믿는 사람도 많았고, 여자와 그릇은 밖으로 돌면 깨진다고 대놓고 말하는 사람도 왕왕 있었다. 실제로 여자로서 사업을 하는 게 힘들 때가 있었다. 접대를 해야 할 때가 특히 그랬다.

경쟁사는 바이어를 붙잡기 위해 갖은 노력을 다한다. 그중 가장 흔한 방식이 술 접대다. 바이어가 우리 회사가 있는 곳으로 출장을 오면, 경쟁사는 그를 홍콩의 화려함이 가득 담긴 술집으로 데려가 함께 술잔을 기울이며 친해질 만한 기회를 엿봤다. 출장일이 바이어의 생일 주간과 겹치기라도 한다면 그를 불러낼 명분이 생긴다. 한번은 나와 거래를 하려고 하는 바이어의 생일 파티를 경쟁사가 열어 준 적도 있었다. 가라오케를 통째로 빌리고, 바이어의 이름이 들어간 현수막을 특별 제작해서 걸고, 비싼 양주를 테이블 위에 깔고, 예쁜 직원들 손에 케이크를 들려 보냈다. 때로는 몸에 좋다는 뱀술, 개미주까지 등장했다. 그렇게 준비한 술상을 걷어차고 나올 꼿꼿한 바이어는 별로 없었다. '남자들끼리니까', '남자라서 아는 건데' 따위의 말로 시작하는 남성 연대는 쉽게 형성되었다.

이런 남성 연대를 뜻하는 공식적인 용어가 있다. Old boy network다. 비슷한 수준의 사회적 수준을 공유한 남성들이 서로의 사업이나 개인적인 업무를 도와주는 비공식적인 시스템을 말한다. Old girl network는 없기에, 때로는 오랜 시간 공을 들여 준비한 관계를 그런 접대 때문에 놓치기도 했다.

그렇다고 내가 술집에서 접대를 도와주는 여성을 불러 앉히거나, 바이어와 함께 새벽까지 술잔을 기울이며 우애를 다질 수는 없었다. 나의 신념에도 맞지 않는 일이었고 두 아이를 돌봐야 하는 내게는 현실적으로 어려운 일이기도 했다. 아이들에게 정직하게 살라고 말할 수 있기 위해서는, 적어도 내가 그런 사회를 만들기 위해 어떤 노력을 하는 중이거나, 그도 되지 않는다면 최소한 속임수를 쓰지 않는 인간이어야 했다. 또한 나는 술 한 잔만 해도 얼굴이 빨개질 만큼 술을 거의 마시지 못했고, 술에 대한 트라우마까지 있었다. 계속 그렇게 사업을 해야만 성공할 수 있는 거라면 그런 성공은 갖고 싶지 않았다.

접대를 하는 대신 나는 이미 맺어진 관계에서 신의를 지키기 위해 노력했다. 너무 가깝게 다가가지 않고, 멀어지지도 않은 채로 그 자리를 지키는 것. 한 말에 대해서는 책임을 지고, 신중한 약속을 하는 사람이 되는 것. 그게 내가 남성 연대 사회에서 취한 전략이었다.

이 전략이 바로 먹히는 건 아니었다. 한번은 우리와 거래를 시작하면서 신규 부서가 생겨 한 해 US $1,500만 불의 실적을 올렸던 그 당시 오므론 엔터테인먼트 실적의 절반 가까이 잃어버린 적도 있었다. 한국의 다른 회사 영업 사원이 우리 클라이언트를 대상으로 온갖 접대를 늘어놓았기 때문이다. 경쟁사가 그 거래를 채갔다는 것을, 술 접대로 그 거래를 가져갔다는 걸 알게 되었을 때는 온갖 감정이 휘몰아쳤다. 역겨움, 불쾌함과 함께 이제 와서 남자가 될 수는 없다는 자괴감까지 들었다.

그러나 오래 견디다 보면 결국 술자리에서 '친해졌다'라는 이유만으로 맺어진 거래는 무너지곤 했다. 더 좋은 거래 조건을 위해 상대를 배반하는 것도 봤고, 술을 마시며 지나친 친목을 즐기다가, 담당 직원이 해야 할 일을 제대로 하지 못해서 클레임으로 이어지는 경우도 봤다. 우정과 돈은 거리가 먼 사이다. 비즈니스는 친한 사람과 하는 것이 아니라 신뢰할 만한 사람과 하는 것이라는 당연한 원칙 덕분에 많은 거래처들이 내게 다시 돌아왔다. 나는 내게 들어온 말을 남에게 함부로 전하지 않았다.

심지어는 거래처의 반칙조차 바이어 앞에서는 침묵했다. '신디는 믿을 수 있어.', '신디는 약속한 걸 지켜.'라는 믿음을 만들어 내기까지 오랜 세월이 걸렸다.

지금은 그런 식의 접대 문화가 많이 사라진 편이다. 그러나 아직도 남성 중심인 비즈니스 사회에서 살아남는 것은 녹록하지 않다. 가끔 여성인 바이어나 거래처 직원을 만나면 겉으로 티를 내지는 않아도 반가운 마음이 든다. 시간이 지나서 편하게 이야기할 수 있지만, 그때 그런 마음을 털어놓을 사람이 있었다면 얼마나 좋았을까 싶은 생각도 든다.

한 예능 프로그램에서 가수 이효리가 엄정화에게 고민 상담을 하면서 이렇게 묻는 장면이 나왔다.

"이런 (고민 상담할 수 있는) 언니 있으니까 너무 좋다. 언니는 언니 없이 어떻게 버텼어요?"

엄정화는 울어서 눈이 빨개진 얼굴로 이렇게 답한다.

"몰라, 술 마셨어."

그 장면을 보다가 코끝이 찡해졌다. 의지할 언니가 없었던 엄정화의 마음에 깊게 공감했기 때문이다. 나는 그때 술을 마시지도 못했지만 말이다. 그걸 보며 나도 사회에서 일하는 여성들에게 의지가 되어 주는 사람이 되고 싶다는 생각을 했다. 내가 언니없이 사업을 했다고 해서, 남들에게 언니가 되어 주지 못하리란법은 없다. 어디선가 이효리 같은 멋진 동생이 있을 테니까. 그녀들이 어깨가 필요할 때 내가 든든하게 어깨를 내어 주고 싶다.

"자, 언니에게 기대!"

급에 맞게 살라는 말에 대하여

자신이 좋아하는 것을 설명하는 사람의 눈은 반짝거리고,
그 반짝거림을 보는 것만으로도 조금은 생명력을 얻는 기분이다.

아이들에게 물고기를 잡아 주기보다 물고기 잡는 법을 가르쳐
주라고들 한다. 그 말에서 한 걸음 더 나아가서 나는 이런 걸 가르
쳐 주고 싶다. 다른 사람이 잡는 물고기를 부러워하기보다, 돌아
가서 미끼라도 잡으라고. 삶에서 우리가 갖지 못한 것에 눈을 두
기보다 이미 가진 것을 활용할 방법을 찾으라고 말이다. 삶에서
모든 걸 가지고 태어나는 사람은 없다. 누군가에겐 부모의 애정
이 부족하고, 다른 누군가에겐 자산이 부족하고, 또 다른 누군가
에겐 자신감이 부족하다. 사업가로서 여성이기에 바이어들과 술
잔을 기울이는 영업 전략을 취할 수는 없었지만, 바꿀 수 없는 것

을 바라보며 억울해했다면 앞으로 걸어가지 못했을 것 같다. 비즈니스에서 나의 전략 중 하나는 이것이었다. 바이어뿐 아니라 실무진과 친하게 지낼 것!

한 사업체를 이끄는 대표로서 살다 보면 주변에서 자신을 알아서 대우해 주고 빈말이라도 칭찬을 해 주는 경우가 많다. 화분에 심어 놓으면 못된 풀도 화초라 한다지 않나. 이런 대우를 비판 없이 받아들이면 자리와 자신을 구분하지 못하게 된다. '내가 누군데', '그래도 내가 이런 사람인데'라며 자아도취에 취하면 들어야 할 소리도 못 듣고 보아야 할 것도 놓치기 마련이다. 특히 자신은 대표이기 때문에 급에 맞는 사람하고만 대화하겠다고 하거나, 대표나 이사 외에는 말을 섞지 않으려는 태도는 사업에 있어 독이 될 수 있다.

그런데 우리나라 일부 기업에서는 소위 '급을 맞춘다'라는 관례에 골몰하는 것 같다. 한 회사에서 회식을 하러 간다고 하자. 부장부터 차장, 과장, 대리까지 앉는 자리조차 정해져 있다. 사무실에서 앉는 자리도 마찬가지다. 문 바로 앞에는 인턴사원이나 신입사원이 앉고, 안쪽으로 들어갈수록 높은 자리의 사람이 차지하고 있다. 그러다 보니 대표가 대리와 말을 섞는 경우도 별로 없고, 다른 회사의 대표와 거래처의 과장과 담소를 나눌 일도 없다.

내가 있는 우리 사무실은 파티션이 낮아 서로 대화하기가 편하다. 영어를 쓰다 보니 직급 대신 서로의 이름을 편하게 부르고, 지나친 경어를 사용하지 않는다. 지금도 홍콩 로컬 직원들은 내게 편히 '신디!'라고 인사한다. 높은 직급의 직원에겐 개인 사무실이 주어지지만, 그들도 직원과의 소통을 위해 플로우에 나와 있는 경우가 많다.

나는 바이어가 어리거나 경험이 있거나 없거나를 신경 쓰지 않았다. 가르치려 들지도 않았다. 그 회사에서 누가 나오더라도 내게 오더를 줄 수 있는 입장에 있는지 없는지가 중요했다. 있다고 판단하면 그 사람을 대리가 아니라 그 회사의 대표처럼 대했다. 그러다 보니 자연스럽게 바이어 측 실무자와 친해질 계기가 많았다. 유대인 속담에 '똑똑하기보다 친절하라'라는 말이 있다. 전략적으로 실무자와 가까워지려고 노력하기보다, 친절하게 응대해 주는 게 더 효과적인 방법이었다. 물론 아무리 내가 마음을 열고 대화를 하고 싶어 한다고 하더라도 상대보다 나이도 직급도 많은 내게 말을 편하게 하는 게 어려울 수도 있다. 그래서 나는 내 이야기를 하기보다는 상대의 이야기를 듣는 데 비중을 두고는 했다.

질문으로 상대의 이야기를 이끌어 내고, 선입견 없이 그들의 이야기를 들었다. 칭찬으로 시작된 스몰토크는 상대의 마음을 자연스럽게 열어 주었다.

"소담 씨, 헤드폰이 예뻐요."

"이거요? 고마워요. 저음이 잘 들리는 브랜드라고 해서 새로 샀어요."

"저음이 잘 들리는 헤드폰이 따로 있어요?"

"그럼요. 브랜드마다 특징이 다 다른데요. 어떻게 다르냐면요."

그는 헤드폰에 대한 긴 이야기를 들려준다. 여러 일에 관심이 많은 나는 진심으로 그의 이야기를 흥미진진하게 듣는다. 진정성이 없는 대화를 할 때 사람들은 생각보다 상대의 가식을 쉽게 알아차린다. 나는 누군가의 이야기를 재미있게 들을 때도 스스로의 진정성을 먼저 살핀다. 대부분의 대화는 즐겁다. 자신이 좋아하는 것을 설명하는 사람의 눈은 반짝거리고, 그 반짝거림을 보는 것만으로도 조금은 생명력을 얻는 기분이다. 쓸데없는 이야기를 왜 하냐고? 그게 서로의 신뢰를 쌓는 과정이기 때문이다. 완전히 쓸모없는 대화는 없다.

누군가는 바이어 측 대표를 접대해 거래를 따내기도 하지만,

내가 실무진과 친해져서 거래를 얻을 수 있는 건 아니다. 관계만을 내세워 거래를 성사시키고 싶지도 않다. 온전히 관계로만 만들어진 거래는 오래가기 어렵다. 다만 실무진과 친해지는 건 든든한 방패를 얻는 것과 같다. 바이어 측 임원이 뇌물을 받거나 부당한 접대를 받아 거래처를 바꾸려고 해도, 실무진이 동의하지 않으면 거래처가 바뀌기는 쉽지 않기 때문이다.

"소담 씨, 거래처를 A사에서 B사로 바꿉시다."

"왜요? 꾸준히 A사랑 잘하고 있잖아요."

"그냥 바꾸라면 바꿉시다."

"B사는 저희랑 일해 본 적이 없어서 새로 거래하려면 품이 더 들어요. 규모도 작아서 신뢰하기도 어렵고요. 전산실에서 어카운트 새로 등록하려면 시간도 걸리는 데다가, 이후 핸들링할 일정 금액이 나와야 회사에서도 관리비를 절감할 수 있는 거잖아요."

"……."

"A사에서 B사로 바꾸려면 안 그래도 바쁜데 제가 더 힘들어져요. 정당한 이유를 말씀해 주시면 좋겠어요."

내가 만들어 놓은 거래를 경쟁사의 방해로 놓치게 될 위기에 처할 때, 실무진의 도움으로 방어한 적이 많았다. 거래처의 중요한 정보나 내가 미리 알아야 할 점 등을 귀띔해 주는 때도 있었다. 실무진과 가깝게 지내다 보면 자연스럽게 실무에 대해서도 알게 되고, 결국 그게 경영의 진짜 힘이 된다. 대표가 현장 상황을 알지 못하고 지시만 할 때는 직원의 신뢰를 얻기 어렵기 때문이다. 홍콩도 중국처럼 시간을 두고 쌓은 친분과 신용을 중요하게 여기기에, 인사가 만사라고 여기는 나는 언제나 관계를 소중하게 돌봤다.

사회에서 중요하게 여기는 '급'은 직책이 만들어 주는 게 아니라, 주변 사람들이 매겨 주는 것이다. 권위는 스스로의 능력으로 만들어지는 것이지만, 위계는 시스템에서 강제로 부여하는 힘이다.

직원들이 존경하면 파티션을 높게 세우지 않아도 권위가 생기고, 능력이 없어 가진 자리가 주는 힘에만 매달리게 되면 위계가 된다. 나는 위계가 아니라 권위를 가진 이가 되고 싶었다. 내가 대표여도 주변에서 괜찮은 대표로 인식하지 않으면 대표가 될 수 없고, 내가 스펙이 낮아도 주변에서 인정해 주면 좋은 인재가 될 수 있다. 나는 괜찮은 대표일까? 스스로에게 질문하게 되는 밤이다.

풀을 베는 사람은
들판의 끝을 보지 않는다

우리는 모두 상처를 안고 살아간다.
우리는 모두 어떤 면에서는 남들보다 낮은 위치에서 시작한다.

홍콩에서 나는 동성 친구들과 종종 'Ladies's Night'라는 모임을 갖는다. 주로 맛있는 것을 함께 먹으러 다니거나, 전시를 보거나, 와인을 한잔씩 나누기도 한다. 고국을 떠나 홍콩에서 여자로 산다는 공통점 때문일까? 직업도 나이도 다르지만 우리는 즐겁게 어울려 다니는 편이다. 모국이 아닌 곳에서 여자로 산다는 건 여러모로 쉽지 않은 일이다. 더욱이 사업가로서 산다는 건 더그렇다.

여자여서 무조건 불리하기만 한 것은 아니었다. 그렇지만 같은 업계에서 일하는 남자들에 비해 배의 노력을 기울여야 했던 건

사실이었다. 바이어와 식사를 할 때도 늘 조심스러웠고, 공공연한 남성 연대에 낄 수도 없었으며, 담배를 태우며 공유하는 정보를 얻을 기회도 자주 놓쳤다. 경쟁사에서 나의 클라이언트와 비밀리에 접속해 술자리를 만들고, 집과 골프 회원권을 주겠다며 거래를 채갈 때도 있었다. 게다가 여자는 같은 업무 미팅을 해도 괜한 구설수에 오를 가능성이 있었다. 진실이냐 아니냐는 중요하지 않았다. 억울해도 여자 사업가였기에 조심해야 할 부분이 많았다. 크다면 크지만, 또 소문이 빠른 이 업계에서 불필요한 소문을 만들어 낼 필요는 없었다.

나는 기본적으로 거래처 미팅을 잡을 때, 혼자 나간 적이 한 번도 없었다. 으레 최소 한명 이상의 직원들과 동행하는 것을 원칙으로 했다. 거래처에서 혼자 나오든 여럿이 나오든 그것은 문제가 되지 않았다.

한번은 교회 일로 교회 중고등부 남자 교사와 식사를 함께 하게 될 일이 있었다. 사업차 만나는 일이 아니었는데도 조심스러웠다. 누군가와 식사를 하는 일은 늘 있는 일이기에 특별하지 않았지만, 원래 두 사람이 나오기로 했던 자리였는데 한 사람의 사정으로 남자 선생님만 나오게 되었다.

"김은정 선생님, 오늘 나오기로 했던 A 씨가 몸이 아파서 식사 자리에 못 나온다고 해요. 저만 가야 될 것 같은데 괜찮으세요?"

내가 남자였다면 흔쾌히 괜찮다고 말했을지 모르겠다. 우리가 만나기로 한 식당은 룸이 따로 있는 곳이었는데, 남들이 보지 않는 곳에서 만난다는 점이 괜한 오해를 살 수 있을 것 같았다. 그렇다고 모두가 보이는 곳에서 둘이 만나자니 작은 홍콩 한인 사회에서 또 다른 이야기가 나올 수도 있을 것 같았다.

"어머, A 씨는 괜찮으세요? B 씨만 오신다고 해도 저희는 좋죠. 다만 교회에 함께 다니는 제 친구가 지금 함께 있는데 식사를 안 했다고 해서요. 예약도 세 명으로 했으니 함께 가도 괜찮을까요?"

나는 재빨리 두 명이었던 자리를 다시 세 명으로 바꾸었다. 교회 사람이지만 남자와 둘이 있는 자리를 만들지 않기 위한 대처였다.

오래된 거래처의 경우에는 이런 쓸데없는 걱정을 할 필요가 없다. 그러나 거래가 시작된 지 얼마 되지 않아 서로 자연스럽게 스타일을 알아 가고, 맞춰 가는 시기에는 조금 몸을 사린다. 안부와 취향을 알게 되면서 조금씩 가까워지다 보면 괜한 오해가 생길 수도 있다. 하여, 이쪽에서 먼저 나를 이성으로 느낄 기회를 주지 않는 게 중요하다. 내가 이렇게 일한다고 하면 친구들은 가끔 나를 놀린다.

"누가 잡아먹는대? 뭘 그렇게까지 해."

"이번에는 교회였지만, 사업할 때는 더 엄격하게 하지. 클라이언트가 남자인 경우에는 일단 내가 '여자'라는 걸 느낄 순간을 주지 않는 게 중요해."

"여자라고 느끼면 어때? 거절하면 되잖아."

"거절당한 상대는 일단 나를 적대적으로 여길 확률이 높아. 아니더라도 최소한 얼굴을 다시 보고 싶지는 않겠지. 대놓고는 못해도 뒷말을 할 수도 있으니까 절대 거절할 상황을 만들어서는 안 돼."

가끔은 자신의 매력으로 거래처 담당자에게 좋은 인상을 주었다는 걸 자랑하는 여자 사업가들도 있다. 그러나 사업에서 그런 접근 방법은 오래가지 못할뿐더러, 거래처와 신뢰할 만한 관계를 지속적으로 맺기도 힘들다. 거래처 담당자와 사적으로 엮이지 않았다는 것이 자랑이 되어야지, 매력으로 거래를 따냈다는 게 자랑이 되어서는 안 된다.

요즘은 이런 일들이 많이 잦아드는 것 같다. 여자라는 이유로 특별히 더 몸을 사려야 하는 일이 없는 사회면 좋겠지만, 그렇지 않은 사회에서는 개인적으로 내가 아끼는 후배들에게는 여전히 조심하라고 권한다. 여성 사업가로 사는 후배 중에서도 내게 조언을 요청하는 이들이 있다. 구체적인 사건이면 내가 직접적인 도움을 주거나 조언을 줄 수 있을 때가 있지만, 단순히 '여자라서' 억울하게 당한 일이라면 함께 분노하거나 슬퍼해 주는 일밖에 할 수 없어 속상할 때가 있다. 성차별이 많이 없어진 사회라고 하지만, 아직까지 유리 천장은 있으니까.

"일도 점점 지치는데 좋은 남자 찾아서 결혼해 버릴까요?"

"이 업계가 안 맞는 것 같아요. 때려치울까 봐요."

홧김에 이렇게 말하는 후배들도 있다. 그러나 아마 그들도 알고 있을 것이다. 이 업계가 아니라 다른 업계로 간다고 해도 상황은 크게 달라지지 않을 거라는 걸. 결혼이 도피처가 될 수 없다는 걸.

유리 천장은 쉽게 깨지지 않고, 기울어진 운동장 역시 쉽게 뒤집히지 않겠지만, 분명하게 말하고 싶은 건 자기 업무를 충실히 하다 보면 언젠가 계단이 생긴다는 점이다. 기울어진 운동장에서 우리가 올라야 할 계단은 다른 이들의 것보다 조금 더 험난하고 높을지도 모른다. 그러나 앉아서 불평을 하는 것보다는 묵묵하게 한 계단이라도 오르는 것이 개인적인 삶에 도움이 되는 방법이다. 조언을 구하는 후배들에게 나는 가끔 이렇게 말한다.

"사는 게 어렵지. 그런데 남들도 다 그러더라. 우리가 할 수 있는 건 그런 것 아닐까? 남들의 상처를 내가 다 안다고 자부하지 않는 것, 그리고 내 상처도 알아 달라고 설득하려 애쓰지 않는 것 말이야. 그냥 우리가 서로 그렇다는 것을 이해하고, 각자의 자리에서 해야 할 일을 해야지."

우리는 모두 상처를 안고 살아간다. 나는 여자라서 이런 부분을 조심해야 했지만, 내가 장애인이었다면 장애인이어서 눈치 보이는 일도 있었을 것이다. 우리는 모두 어떠한 면에서는 남들보다 낮은 위치에서 시작한다.

프랑스의 소설가 앙드레 모루아는 이런 말을 했다.

"풀을 베는 사람은 들판의 끝을 보지 않고, 대청소를 하는 주부는 찬장을 한 칸씩 정돈해 간다."

먼 길을 가야 할 때는 너무 멀리 보지 않아야 하는 법. 여자인 후배들에게 나는 일단 지금 앞에 있는 문제를 천천히, 하나씩 해결해 보자고 말하고 싶다. 언젠가 이 풀이 다 베어지면 저 들판의 끝이 보일 테니까. 어찌 되었건 우리는 함께 풀을 베어 가고 있는 중이니까.

기즈나, 재난 속에서 피는 연대

누군가는 인생의 고난을 진취적으로 극복해 나가고,
다른 누군가는 삶을 그대로 받아들이면서 적응해 간다.

"일본, 최악의 날."

포털 사이트에 그때 그 일을 검색하면 나오는 단어다. 2011년 3월 11일 오후 2시 46분. 일본 도호쿠 지역 인근 해저에서 규모 8.8의 강진이 일어나 건물과 고속도로가 무너지고 사상자가 속출했다. 지진의 영향으로 높이 10m의 쓰나미가 태평양 연안 내륙을 덮쳐 선박과 차량 및 건물이 바닷물에 휩쓸려 나갔다. 센다이 해변에서 발견된 시신만 300여 구. 일본 전역 사망자는 1,000명이 넘었다. 이 지진으로 후쿠시마 원자력 발전소가 폭발했다. 체르노빌 원자력 발전소 폭발 사고를 제외하면 역사상 자연재해에 따른 재산 피해액이 가장 큰 참사로 기록되고 있다. 이 지진으로 일본 본토가 2.6m가량 동쪽으로 이동했을 정도니 얼마나 큰 지진이었는지 짐작할 만하다.

나는 그때 인사동의 전통 찻집에 있었다. 일본 도호쿠 지방에 지진이 일어났다는 소식이 텔레비전에서 나오고 있었다. 지진, 사망자 속출, 원자력 발전소 폭발. 현실이라고 믿어지지 않는 소식들이 아나운서 입을 통해 연이어 나왔다. 찻집에 앉은 손님들이 모두 텔레비전을 응시하고 있었다. 걱정 섞인 술렁거림이 찻집에 일렁였다.

"언니! 일본에 있는 회사하고도 거래하지 않아? 괜찮은 거야?"

나는 오랜만에 한국에 와서 친구를 따라 서울 곳곳을 구경하던 중이었다. 내게 종로에 새로 생긴 브런치 가게를 소개해 주고 싶다고 벼르던 그들을 따라 레스토랑도 가고, 경복궁에 새로 생겼다는 기름 떡볶이집도 다녀온 하루였다. 여느 때와 다름없는 평온한 하루. 갑작스러운 재난이 영화 속 한 장면처럼 느껴졌다. 그래서인지 뉴스에 나오는 소식이 더 믿기지 않았다.

"일본에 전화를 좀 해 봐야겠어."

나는 내가 거래하는 일본 바이어에게 전화를 걸었다. 나는 바이어와 미리 약속하지 않고서는 전화를 하지 않는다. 내가 일본 바이어에게 사전 고지 없이 전화를 한 건 그와 거래를 한 후 처음이었다. 수화음이 길게 이어진 후에도 그는 전화를 받지 않았다.

"안 받네."

"괜찮을 거야. 도쿄에서 지진이 난 건 아니잖아."

그 정도의 강진이면 도쿄에도 분명 영향이 있을 것 같았다. 처음에는 그의 안부만이 걱정되었다. 나이가 들면서 주변의 죽음은 점점 흔해졌지만, 자주 있는 일이라고 해서 익숙해지지는 않는다.

다행히 얼마 후에 그와 연락이 닿았고, 그를 비롯해 나와 거래하는 회사의 사람들이 무사하다는 연락을 받았다. 그 후에는 우리의 거래를 처리하느라 바빴다. 당장 내일 출하되어야 하는 물건들이 있었으니까. 그 회사와 우리는 연간 3,000만 불 정도의 거래를 했다. 일본에 문제가 생기면 그 거액이 날아갈 수 있었다. 머리가 복잡했다. 후에 바이어와 사적인 이야기를 하게 될 일이 있었을 때 나는 물었다.

"일본에서 계속 지내는 게 무섭지는 않아요? 해외에 나올 생각은 없어요?"

"제 뿌리가 여기 있는걸요. 가족들도 여기 있고요. 제가 어디 가 겠어요."

한국을 떠나 홍콩에서 지내는 내게는 그의 그런 태도에 완전히 공감할 수는 없었다. 주어진 상황을 바꾸기보다 받아들이고 그 안에서 최선을 다하는 모습 말이다. 우리가 보내는 모든 시간이 다 우리가 원하는 미래로 귀착하는 것은 아니라고 해도 난 그들 을 응원하고 있었다.

그 일이 어찌어찌 수습이 되고, 일본도 혼란 속에서 천천히 스 스로를 추스르고 있을 때 이제는 직접 일본으로 가서 그들과 얼 굴을 맞대고 위로도 하고 대책을 논의해야겠다는 생각이 들었다. 아직 후쿠시마 원자력 발전소의 피해가 제대로 측정되지 않을 때 라 주변 사람들이 모두 걱정하는 한마디를 덧댔다.

"도쿄면 후쿠시마랑 그렇게 멀지도 않잖아. 꼭 가야겠어?"

"그러다 방사능에 노출되면 어떡해. 나라면 최대한 몸 사리 겠어."

나라고 방사능 피폭이 걱정되지 않았을까. 그러나 사업을 하다 보면 위험을 감수해야 할 일이 생기기 마련이다. 오랜 사업 파트 너로서 연대감을 보여 줘야 할 것 같았다. 일본 뉴스에서는 도쿄가 안전하다고 말했다. 파트너들이 그 말을 믿는 이상 내가 도쿄 출장을 꺼리는 건 동반자로서 할 행동이 아닌 것 같았다. 아이들이 깔아 준 방사선 체크 앱을 수시로 체크하며 나는 도쿄로 출장을 다녔다.

그 시기에 도쿄로 출장을 다니는 건 솔직히 조금은 공포스러운 일이었다. 방사능은 막연한 두려움이었지만, 새벽녘 호텔에서 지진 안내 방송을 듣는 일은 구체적이고 실질적인 위협이었다. 새벽녘, 호텔에서 잠을 자고 있으면 갑자기 텔레비전이 켜지면서 사이렌과 안내 방송이 나왔다. 호텔에는 헬멧과 대피할 때 호흡기를 막을 물수건이 준비되어 있었다. 경미한 지진에도 안전 지침 설명은 끊임없이 나왔다. 이런 상황이 스무 번쯤 반복되었다.

한번은 도쿄에 있는 하얏트 호텔에 머물 때였다. 저녁 열 시쯤 되었을까. 내가 켜지도 않은 텔레비전이 반짝 켜지더니 안내 방송이 나왔다.

"이것은 실제 상황입니다. 긴급 지진 속보입니다. 강력한 지진에 대비하세요."

놀랄 틈도 없이 건물이 흔들렸다. 먼저 방 안의 모든 모서리에서 끽끽 소름 끼치는 소리가 났다. 곧이어 들리는 건 물건이 흔들리며 부딪치는 소리, 유리잔이 부딪히는 소리다. 그 공포를 어떻게 설명할 수 있을지 모르겠다. 마지막으로 내가 흔들렸다. 멀미가 나고 다리가 풀렸다. 제대로 서 있을 수조차 없었다. 그때 지진이 진도 5.2였다. 진도 5면 건물 전체가 흔들리면서 물건이 추락하고, 똑바로 걷기가 어려워진다.

'자. 정신 차리자. 괜찮을 거야. 우선 여권부터 챙기자. 금고가 어디 있더라. 신디. 빨리 가서 여권을 꺼내.'

나는 계속 스스로 되뇌었다. 그렇게라도 정신을 차리지 않으면 안 될 것 같았다. 심장이 뛰고 식은땀이 흐르는 게 느껴졌다. 안내 방송은 곧 영어로, 한국어로, 중국어, 스페인어로 계속되었다. 한 손에는 지갑과 여권을 넣은 손가방을 들고 운동화만 신은 채로 복도로 나섰다. 모든 투숙객이 잠옷 바람으로 나와 있었다. 계단을 통해 내려가는 와중에 지진은 진도 3도로 차츰 잦아들었다. 로비에 도착했을 때는 아주 약한 움직임만 느낄 수 있을 정도로 바뀌었다.

"이제 괜찮아진 거예요?"

"목욕하다 나오신 거예요? 어쩌면 좋아."

"놀랐어요? 이제 안심해도 될 것 같아요."

로비에 모인 사람들은 서로 안부를 나눴다. 내려오다 다치지는 않았는지, 이제 괜찮은 건지. 살면서 낯선 사람이 목욕 가운을 입고 서 있는 걸 보게 될 확률이 얼마나 있을까? 우리는 힘내자며 서로를 북돋았다. 로비에 모인 사람들 사이에서 큰 위기를 넘긴 자들의 연대감이 느껴졌다. 함께 겪은 큰 위기 때문에 우리 사이에 따스한 기운이 돌았다. 자연재해인 만큼 누구도 누군가를 원망하지 않았다. 다들 묵묵하게 지침을 따랐다.

그런 태도는 다른 곳에서도 느껴졌다. 대지진 이후 일본의 풍경은 퍽 황량해졌는데도 그것에 대해 불평하는 사람을 별로 본 적이 없다. 2013년 초 일본에 도착했을 때 지하철역은 전기를 아끼느라고 조명을 다 켜지 않아 어두웠다. 무빙워크도 작동하지 않아 모두 제 발로 걸어 다녔다. 거래처는 종이를 아끼느라 문서 출력도 자주 하지 않았다. 멈춰 있는 에스컬레이터나 그 옆의 계단을 묵묵히 밟아 내려가며 한 바이어는 운동이 되어 되려 좋다고 말했다. 전철이 멈추면 이참에 자전거를 타서 살을 빼야겠다고도 했다. 나는 그제야 내가 느낀 막연한 체념의 정서의 정체를 알 것 같았다. 주어진 생의 조건을 받아들이고, 그 안에서 서로 기대며 살아가는 것이 그것이었다.

일본어로 말하면 '기즈나きずな'다.

기즈나는 2011년 도호쿠 대지진 이후 그해를 대표하는 한자어로 선정되었다. 이는 끊기 어려운 유대와 인연을 말한다. 같은 상황에 놓인 사람들끼리 기르는 결속력이나 재해 상황에서 서로 도우면서 생기는 친분을 뜻하기도 한다. 지진은 물건을 흔들어 놓았지만, 외려 사람들의 마음은 더 단단하게 바꾸어 놓았다. 진도 5.2의 지진이 났던 그 호텔에서 내가 느낀 것은 기즈나였다. 일본을 떠나지 않겠다던 바이어의 말도 이해가 되었다.

누군가는 인생의 고난을 진취적으로 극복해 나가고, 다른 누군가는 삶을 그대로 받아들이면서 적응해 간다. 지진 이후 일본의 모습은 후자에 가까웠다. 어떤 방법이 더 옳다고 단언하기는 어려울 것 같다. 그렇지만 그들의 모습은 내게 깊은 인상을 남겼다. 체념 속에서 꽃피는 연대 말이다.

그날은 일본인에게 여전히 최악의 날로 남아 있다. 지금까지도 재난의 그림자에서 벗어나지 못하는 이들이 많고, 가까운 이를 떠나보낸 사람도 많다. 허나 일어난 일은 일어난 일일 뿐이다. 과거를 바꾸지 못한다면, 우리는 뒤를 돌아보는 걸 멈추고 앞을 보아야 할 것이다. 소 잃고 외양간 고친다는 말은 이미 끝나 버린 일에 대해 뒤늦게 뉘우치고 후회한다는 뜻을 가진 속담이다. 보통은 어리석은 행동을 칭하지만, 나는 소를 잃었다면 뒤늦게라도 외양간을 고치기 위해 전념하는 게 맞다고 생각한다. 다시는 소를 잃지 않기 위해, 남은 소를 잘 지키기 위해. 재난 속에 피는 연대, 기즈나에 기대어 모두 조금씩 앞으로 나아가고 있었다.

우리에게는 우리의 삶을
하나의 작품으로 만들 의무가 있다

나는 숯에 대해 생각한다. 지금은 불에 타 까맣게
되어 버렸지만, 어린 나무의 시절이 있었겠지.

"이 숯도 한때는 흰 눈이 얹힌 나뭇가지였겠지."

이배 작가의 작품, '붓질Brushstroke'을 보았을 때 떠오른 건 일
본의 시인 다다토모가 쓴 시였다. 나는 세계 최대 미술 장터인 아
트바젤에서 이 작품을 보았다. 흰 종이 위에 차콜 잉크로 표현한
선은 단순해 보였지만 강렬했다. 덧없이 사라지는 시간의 한순간
을 그림에 붙들어 둔 것 같았다. 그전부터 이배 작가의 작품은 꾸
준히 지켜보았지만, 이 작품은 나를 사로잡았다.

'이 작품은 아침저녁으로 보고 싶다. 빼앗기기 싫다.'

그런 생각이 들 때 나는 작품과 내가 인연이 된다고 믿는다.

그날 아트바젤에서 페로탕 갤러리를 통해 그 작품을 구입했다. Brushstroke는 지금 우리 집에서 언제나 나와 함께 있다. 작품에 대해 느끼고 공부하다 보면 내 삶 안에 그것을 끌어안고 싶어진다. 앎이 삶이 되는 순간이다.

"이렇게 말하면 무식하게 들릴지 모르겠는데, 내 눈에는 그냥 원으로 보여. 저게 그 가격이라는 게 믿기지가 않는다."

한 친구는 우리 집 거실에 걸린 작품을 보며 농담을 했다. 그의 말대로 누군가는 그 작품을 그대로 따라할 수 있을지도 모를 일이다. 그러나 누군가 작품을 따라 흰 종이에 붓 터치를 한다고 하더라도, 그의 모작은 절대 원작과 같을 수 없다. 그건 그 작가가, 그의 생을 통해 쌓아온 세계 때문에 의미가 있어지는 작품이기 때문이다. 그래서 어떤 작품을 구매하고 싶을 때는 큐레이터를 통해 그 작가의 전작을 볼 수 있냐고 묻는다. 그의 작품 세계가 변화하는 걸 보면 그가 추구하고자 하는 것이 무엇인지 알 수 있다. 이배 작가의 작품 또한, 그의 서사를 알지 못했더라면 내게는 그저 하나의 선에 지나지 않았을 것이다. 그러나 그가 꾸준히 만들어 낸 이야기가 있었기에 나는 그의 마음을 이해했다고 감히 말할 수 있었다. 작품뿐 아니라 사물에 대한 이해와 깨달음이 이런 식으로 늘어날수록 우리의 사전에 새로운 단어가 더 축적된다. 이렇게 삶의 여러 선택지가 늘어날수록 인생은 더 재밌어지고 사는 것도 수월해진다.

이배 작가의 작품이 내 마음에 그토록 와닿았던 건 그가 표현한 그 검정 덕분이다. 그 검정은 나를, 지난했던 나의 삶을 닮았다. 종이에 색을 뽑을 때 검정과 흰색만큼 다양한 색을 내는 색상도 드물다.

"그가 표현한 검정을 봐."

"검정이 검정이지, 뭐가 달라?"

나는 친구에게 그 검정이 내게는 다르게 보인다고 말했다. 처음 일본과 거래를 시작할 때 일본에서 흰색 샘플 책자를 보내 준 적이 있었다. 거기엔 500여 종의 흰색이 표현되어 있었다. 그 이후로 나는 내가 보지 못하는 세계가 있다는 것, 내가 아는 게 다가 아니라는 걸 마음에 새긴다. 그 사건이 아니었더라면 나 역시 '검정은 다 비슷한 검정'이라고 생각했을지 모르겠다. 검정은 빛이 없는 어두움 그 자체로만 폄하되기도 하지만, 사실 모든 색을 다 섞을 때 나오는 색이다. 어떤 색을 많이 섞느냐에 따라 진한 리치 블랙이 되기도 하고, 골든 블랙이나 웜 블랙이 되기도 한다. 진정한 검정을 표현하기에 좋은 재료로는 숯이 있다. 우리가 그저 '검정색'이라고 부르는 색을, 숯은 수백 수천 가지로의 질고 옅음으로, 진하고 묽음으로 표현한다. 고유의 질감은 그림에 생명력을 불어넣는다.

숯을 활용한 작품에 빛이 비치면 서는 자리에 따라 작품이 다르게 보인다. 이배 작가의 그림을 보며 나는 숯에 대해 생각한다. 지금은 불에 타 까맣게 되어 버렸지만, 어린 나무의 시절이 있었겠지.

여름에는 산책자에게 그늘을 만들어 주고, 겨울에는 여행자가 잠시 기댈 수 있는 쉼터가 되어 주기도 했을 것이다. 그 역할을 다 해내고 이제는 까맣게 타 버린 나무를 보며 나는 어떤 안도감을 느꼈다.

어차피 생이란 다 그러한 것 아닌가. 내 삶도 봄과 여름, 가을을 지나 이제 겨울에 가까워 온다. 억울해할 것도 아쉬워할 것도 없다. 나도 누군가에게 한때는 그늘이, 때로는 쉼터가 되어 주던 때가 있었으니까. 봄에는 은근하고 따스하게, 여름엔 눈이 시리도록 푸르게 살았으니까. 언젠가 소멸의 그 시간이 온다고 해도 겁내지 말자고 스스로를 다독일 수 있었다. 그림을 보며 생성과 소멸을 자연스럽게 받아들이는 근원적인 힘이 생겼다.

이배 작가의 'Brushstroke'가 작품 자체만으로 나를 사로잡았다면, 내가 구매한 또 다른 작품인 배병우 작가의 '소나무'는 작가의 백그라운드 스토리가 나를 생각에 잠기게 했다. 배병우 작가는 1970년대부터 전통적인 아날로그 기법으로 사진 작업을 시작했다. 내가 산 작품도 이제는 더 이상 나오지 않는 엑타루어 인화지로 작업했다고 한다. 세상에 하나뿐인 진정한 의미의 핸드메이드 사진 작품이다. 그가 자기만의 기법을 발전시키던 1980년대부터 2000년대까지는, 우리나라에서 사진이 파인 아트로 인정받지 못할 때였다. 그러나 그는 세상의 시선보다는 자신의 느낌을 믿었고, 지금은 사색적인 풍경을 담는 작가로 널리 알려졌다. 세상이 자신을 알아주기까지의 긴 기다림 동안, 그는 무슨 생각을 했을까?

다른 사람들은 내 삶이 화려하다고, 고생 한 번 안 해 봤을 것 같다고 말한다. 그렇지만 생의 매 순간순간 나는 절박하고 치열했다. 한국을 떠나 해외에서 일하게 되었을 때도, 여자이기 때문에 술자리 영업을 하지 못했을 때도, 직원의 실수로 큰 손해를 입었을 때도 나는 그 일이 마지막인 것처럼 나를 불태웠다. 배병우 작가의 스토리를 알고 나자 나는 그의 작품에서 나와 비슷한 생의 결을 보았다. 그 작품은 내게 말하는 것 같았다. 한 번만 사는 생이라고. 타인이 뭐라고 하든, 세간의 평가에 시달리지 않고 일관되게 내 생각을 밀고 나가는 게 중요하다고.

배병우 작가의 딸과 그의 지인들과는 작은 연이 있다. 한번은 내가 물었다.

"좋은 작품은 어떻게 만드는 건가요?"

"기다리는 거죠."

"그리고요?"

"또 기다리는 거죠. 기다리고 기다리고 또 기다리는 것."

그는 툭하고 답했다. 소나무를 찍기 위해서 오늘도 기다리고, 내일도 기다리고, 모레도 기다린다고.

소나무가 있는 그 많은 산들 중에서 원하는 소나무 하나를 선택해서, 소나무에 정확하게 그가 원하는 빛이 내리쬘 때까지 말이다. 누군가는 그깟 소나무 자기도 찍을 수 있다고 말하지만, 기다림 없이 아무 산에나 가서 쉽게 찍은 소나무 사진에는 그만큼의 가벼움만 묻을 뿐이다. 기다리다 찍은 작품에는 사람을 사로잡는 어떤 기가 서린다. 나를 불편하게 하고, 압도하고, 호소

하는 힘. 언젠가 나도 지금보다 성숙하게 되면 그런 작품 몇 개가 걸린 방에서도 편하게 잘 수 있을까? 작품을 온전히 받아들일 수 있을까?

작품을 보고, 감상하고, 구매하다 보면 내게 말을 거는 작품들이 생긴다. 나는 예술은 결국에는 당신이 누구인지, 누구이고 싶은지 질문을 던진다고 생각한다. 인지도와 작품 가격과 상관없이 말이다. 최근에는 신진 작가인 김하영 작가의 작품이 내게 말을 걸었다. 영국과 한국을 오가며 생활하는 그녀의 작품은 내가 기존에 좋아하던 무채색 위주의 작품과 달리, 컬러풀하고 팝아트적인 역동성이 넘친다. 나는 그녀의 지난 작품을 따라가며 그녀의 삶을 읽고, 그 에너지를 받는 게 좋았다.

내가 산 작품은 그녀가 팬데믹 시기에 딸과 함께 런던에 갇혀 지내는 동안 세월호를 추모하며 그린 그림이다. 시대의 각인이 그녀의 삶뿐 아니라 예술에도 찍혔다. 마침 내가 산 작품이 한 잡지에 실렸고, 잡지에서 작가와 내가 산 그림을 보는 순간 조금은 우쭐한 마음도 들었다. 일가를 이룬 작가의 작품을 사는 일도 즐거운 일이지만, 이렇게 젊은 신진 작가의 작품을 사는 것도 내게는 퍽 두근거리는 일이다. 그녀가 막 시작한 여행길을, 함께 걷는 산책자이자 응원하는 친구로 지켜보고 싶다.

　모두에게 똑같이 주어진 하나뿐인 삶에서 누가 예술가이고 누가 사업가인 건 중요하지 않다. 우리에게는 오직 하나뿐인 삶을 아름다운 예술로 만들어 갈 의무가 있다. 집에 걸린 작품을 보며 나는 오늘 하루치의 숨을 고른다. 세상의 평가에 휩쓸리지 말고 나만의 삶의 방식을 차근차근 구축하자고 스스로를 다독인다. 나를 있는 그대로 온전히 받아들이는 날이 올 때까지. 익숙한 삶을 나의 의지로 낯설게 볼 수 있는 시간이 오기까지. 그렇다면 내가 언젠가 숯이 된다고 하더라도 지금은 충실하게 살 수 있을 것이다.

삶에서 모든 걸 가지고 태어나는 사람은 없다

무언가를 좋아함으로써
비로소 보이는 작은 세계

너라면 나에게 상처 주어도 괜찮아

누구나 자기 모습 중에서 보여 주기 싫은 모습이 있을 것이다.
그러나 이제는 그런 걸 보여 주는 연습이 필요하다는 걸 안다.

"혹이 너무 많네요. 모양도 좋지 않고요."

의사는 모니터를 바라보며 걱정스러운 듯 말했다. 건강 검진
결과를 들으러 의사 앞에 앉을 때만큼 겸손해질 때는 없다. 거침
없이 회의를 진행하던 카리스마 있는 CEO는 어디 가고, 나는 얌
전한 학생이 되어 의사 선생님 앞에 섰다.

"혹이 많으면 안 좋은 건가요?"

의사의 말에 내려앉는 심장을 부여잡으며 나는 되물었다. 갑상샘
암은 일찍 발견하는 게 좋다는 이야기에 검사를 했을 뿐이었다. 혹
시나 하는 마음으로 했고, 당연히 건강하다는 이야기를 들을 줄

알았다. 운동을 하다 뼈가 다친 적은 있어도 몸속이 망가진 적은 없었다.

부모님께 건강한 신체만은 잘 물려받았다고 자부하고 있었다. 허나 불행은 노크를 하지 않는다고 했던가. 의사 선생님의 한마디가 내 머릿속을 휘저었다.

"조직 검사를 해 봐야 알 것 같아요. 보통 이런 경우에는 열에 일곱은 정상이니 너무 걱정하지 마세요. 다만 나머지 30%가 문제인 건데요."

"나머지 30%는 암인가요?"

"그렇죠. 아직 속단하기는 이르니까요. 한번 검사를 해 봅시다. 혹시 암세포라고 하더라도 떼어 내면 되는 거니까 너무 걱정하지 마세요."

진료실을 나서고 나서 병원의 의자에 잠시 앉았다. 걱정과 불안이 가득한 병실 복도에서 나도 그들처럼 평범한 환자가 된 듯했다. 걱정하지 말라는 말은 가볍게 들렸고, 암이라는 단어만 크게 남았다. 이 모든 것을 받아들일 시간이 잠깐 필요했다. 혹시 갑상샘암이면 어떻게 하지? 수술하면 괜찮아지는 걸까? 수술하는 동안 사업은 어떻게 해야 하지? 우리 아이들은 그동안 누가 돌봐

줄까?

30%.

회사를 운영하는 사람으로서 나는 숫자와 확률에 익숙했다. 경영자가 숫자를 모른다는 건 연주자가 악보를 볼 줄 모른다는 거니까. 숫자로 표현되는 경영 지표, 구성원들의 성과와 목표 설정, 주어진 데이터의 상관관계. 사업은 숫자를 보는 일부터 시작해 숫자를 보는 일로 끝났다. 그렇지만 30%라는 확률로 암을 선고받을 수도 있는 지금, 그 확률을 경영자의 마인드로 받아들이기가 어려웠다.

"어떤 현상이나 회사의 실적을 숫자로 표현하지 못하는 건 현재 상태를 제대로 파악하지 못한다는 뜻이에요. 현재를 파악하지 못하는데 미래를 예측하기란 더더욱 불가능하죠. 오늘 행복하지 않은데, 내일 행복할 리가 있겠느냐는 말과 같으니까."

나는 직원들에게 종종 숫자의 중요성을 강조하곤 했다. 그러나 개인의 삶 앞에서 확률은 얼마나 덧없는가. 30%는 높은 숫자는 아니었지만 안심할 수도 없는 숫자였다. 30%가 아니라 1%라고 해도 마찬가지였을 것이다. '혹시 의사가 잘못 본 건 아닐까?' 듣고 싶지 않은 이야기를 들은 사람이 흔히 그렇듯, 나도 잠시 의사의 권위를 의심하고 싶었다. 그러나 그 의사는 내게 갑상샘 검사를 추천한 언니의 자궁 속 암세포를 미리 예견했다. 검사를 하면 알 일이었다.

불안에 몸을 맡긴다고 해결되는 것은 없었다. 그건 내가 전문 경영인으로서 몸에 새긴 감각이었다. 감정적이 되기 전에, 내가 말도 안 되는 상상을 펼치기 전에, 일단 이성적인 행동을 하는 게 중요했다. 나는 스스로를 다독이며 조직 검사 날짜를 잡았다.

조직 검사 결과를 기다리는 시간은 내 삶을 돌아보는 시간이나 다름없었다. 사람들은 갑상샘암이 심각하지 않은 병이라고 한다. 비교적 제거가 쉽고 재발이 많지 않아 착한 암이라고도 불린다. 그렇지만 세상에 착한 암이 어디 있을까? 넘어져 무릎이 까진 친구의 아픔을 보면서도 제 운동화 속의 조약돌이 더 불편한 게 사람이다. 나는 조직 검사를 받았다는 걸, 30%의 확률로 암일 수도 있다는 걸 아무에게도 이야기하지 않았다. 어쩐지 이야기하고 싶지 않았다. 슬픔은 나누면 반이 되고, 기쁨은 나누면 배가 된다는 말은 옛날부터 공감하기 어려웠다. 기쁨은 배가 되는 게 맞는 것 같은데, 슬픔도 배가 되는 것 같았다. 말하지 않으면 이 평화는 깨지지 않을 테니까. 굳이 내가 소중히 여기는 사람들에게까지 걱정을 떠안기고 싶지 않았다. 검사를 하러 가는 날도, 검사 결과를 들으러 가는 날도 나는 혼자였다.

다행히 암은 아니었지만, 수술을 해야 하는 결과는 같았다. 그래도 어쩐지 암이 아니라고 하니 한시름 놓은 기분이었다. 그러나 이대로 두면 언제 암으로 바뀔지 모르니 반년마다 한 번씩 초음파 검사를 해서 혹이 더 커지지는 않을지, 모양이나 위치가 변하지는 않는지 지속적으로 관찰해야 한다고 했다. 그러나 서울대학교 병원 초음파 예약이 좀 힘든가. 3~4개월 대기는 기본에, 예약을 하려고 전화를 걸면 대기만 20분이었다. 그렇게 몇 년이 지나자 지치기 시작했다.

"이참에 미리 제거를 하는 것도 나쁘지 않습니다."

"꼭 떼어 내야 하나요?"

"그런 건 아니에요. 그렇지만 평생 불안하게 살 바에야 며칠 입원하고 안심하는 게 낫지 않은가 해서요. 다른 병원에 가서도 물어보고 그러세요. 제가 강요하지는 않아요. 다 본인의 판단이지요."

"부작용은 없어요?"

"성대가 다치기 때문에 말하거나 목소리 내는 게 한동안 힘들

수는 있습니다."

"제가 선생님 친척이라면 어떻게 하라고 말씀해 주실 건가요?"

"저라면 불안하게 지내느니, 떼어 내고 매일 아침에 약을 먹는 방법을 선택할 것 같습니다."

나는 수술을 하겠다고 결정했다. 마침 젊었을 때 친구에게 들어 두었던 보험이 도움이 되었다. 그때는 무슨 보험인지도 모르고 친구를 돕겠다는 생각에서 들었는데, 마음을 베푼 것이 긍정적으로 돌아왔다. 2,000여만 원의 보험금 덕에 나는 서울대학교병원 12층의 특실을 예약할 수 있었다. 이건 수술이 아니라 휴가다. 그렇게 생각하자. 마음을 다잡았다. 그제야 가족들에게 연락을 했다.

아이들은 검사할 때부터 왜 미리 말하지 않았냐며 걱정을 감추지 못했다. 자기들끼리 인터넷을 찾아보고, 입원 절차를 알아보고, 갑상샘 수술 후 후유증에 대해 검색했다. 수술하는 내내 자기들이 곁을 지키겠다며 호언했다. 이렇게 든든한 아들들이 있다는 것은 얼마나 큰 축복인가. 암 이야기를 들은 이후로 오랜만에 나는 크게 웃었다.

"그래도 엄마 수술한다는 이야기는 어디 가서 하지 마."

"왜요? 아픈 게 잘못한 건 아니잖아요."

"그냥. 사람들한테 폐 끼치는 게 싫어서."

"에이. 그게 왜 폐 끼치는 일이에요?"

"좋은 일은 아니잖아."

"일단 알겠어요. 엄마가 결정할 일이죠."

나는 옛날부터 주변 사람들에게 나의 어려움에 대해 이야기하는 걸 불편해했다. 아쉬운 소리 하는 게 싫었고, 나를 가엾은 사람이라고 생각할 게 두려웠다. 수술을 한다고 하면 친구, 이웃, 거래처 등에서 나를 걱정할 게 뻔했다. 쓸데없는 자존심이라고 생각하면서도 나의 약점을 밖에 드러내지 않았다. 말이 길어지면 사연 팔이 하는 사람으로 비추어질 것 같아 싫었다. 정글에 사는 초식 동물처럼, 약점을 드러내 보이는 건 공격의 대상이 되는 거라 생각했는지도 모른다. 아니면 나를 아끼는 사람에게 불필요한 걱정을 안기고 싶지 않아서인지도. 좋게 말하면 독립적인 것, 나쁘게 말하면 방어적인 태도였다.

그때는 몰랐지만 아마 그건 해외에서 혼자 기업을 경영하는 여자로 살았던 나의 이력 때문이었던 것 같다. 여자라고 만만히 보이지는 않을까, 괜히 사소한 트집이나 잡히지 않을까 하는 염려 때문에 나는 실제 내 성격보다 더 독립적이고 강인하게 보이고 싶어 했던 것 같다. 직장에서 그런 모습을 보이다가 집에 와서 마음을 사르르 풀었다면 좋았겠지만 일과 일상을 엄격하게 분리하기에 나는 너무 바빴다. 문밖을 나서면 경영인으로서의 내가 일을 해야 했고, 문을 열고 돌아오면 엄마로서의 내가 아이들을 돌봐야 했다. 나를 위해 쉬는 시간은 많지 않았다.

그러다 보니 힘든 모습이나 약한 태도를 나조차 스스로에게 숨기며 살게 되었다. 내 인생은 내가 책임져야 한다고, 내 아이들의 인생도 성인이 되기 전까지는 내가 책임져야 한다고 믿었다. 그러다 보니 나는 기대는 법을 잊는 사람이 된 것 같았다.

물론 자신의 약점을 어느 정도 내보이는 것이 사람의 호감을 사는 유리한 방법이라는 것도 안다. 여러 직원과 함께 일하는 대표로서 그런 인간관계의 기술 정도는 알고 있다. 어떤 사람은 자신에게 크게 해가 되지 않을 약점을 타인에게 스스럼없이 공유하고, 그 과정을 통해 신뢰와 연대를 만들기도 한다. 자신의 연약한 점을 내보이는 일은 상대를 무장 해제시킨다.

'자신의 약점을 내보이다니, 이 사람은 나를 신뢰하고 있구나. 나도 이 사람을 믿어 줘야겠어.', '어려운 일을 겪었구나. 이 사람에게 힘이 되어 주고 싶다.' 친구들의 힘든 사연들에 공감해 주고, 나의 힘든 사연을 무겁지 않게 털어놓으며 공감하는 시간은 참 귀하다. 그러나 수술에 대해 말하지 않았던 것은 꼭 좋은 모습만 보이고 싶다는 자존감 없는 행동이라기보다는, 친구들이 안다고 해서 달라지지 않는 상황에 대해 의연히 대처하고, 일단락이 되면 추억처럼 공유하는 마음 때문이다. 내가 겪는 어려움을 이야기한다고 해서 친구들이 해결해 줄 수 있는 것도 아닌데 굳이 이야기를 꺼내 상대를 불편하게 만들고 싶지 않았다.

수술은 성공적으로 잘 끝났다. 입원하는 날 짐을 싸면서 비싼 휴가를 보내는 셈 치자고 스스로를 달랬다. 일하느라고 휴가도 제대로 즐기지 못하던 때였다. 매년 1개월의 연차가 있었지만 제대로 써 본 적이 없었다. 가족들은 내내 병실을 지켰다. 회사에는 믿을 만한 비서 한 사람에게만 연락해서 내가 잠시 바쁜 일로 출장을 갔다고 해 달라고 전했다. 회사에서 나의 수술에 대해 아는 건 비서 한 명뿐이었다. 회복하는 데는 오랜 시간이 걸리지 않았지만 대신 지금도 내 목에는 작은 흉터가 남아 있다. 한동안 교회 성가대에서 노래를 부르는 일도 할 수 없지만 꿋꿋이 극복하고 있다. 그래도 괜찮았다. 사랑하는 가족들이 내내 곁을 지켜 주었으니까.

시간이 흐르고, 이제 나는 예전보다 더 자주 친구들에게 나의 고민이나 힘든 일을 털어놓는다. 갑상샘 수술을 한 적이 있다는 것도 친구들과 차를 마시면서 무심히 하게 되었다.

지금 괜찮아졌으면 됐다며 잔잔하게 답하는 친구들. 40년 지기 친구들은 소란을 떠는 법이 없다. 요즘에 갑상샘암과 유방암이 많다며, 우리 모두 조심해야 한다며 일상의 대화를 이어 간다. 누구나 자기 모습 중에서 보여 주기 싫은 모습이 있을 것이다. 그러나 이제는 그런 걸 보여 주는 연습이 필요하다는 걸 안다. 그리고 나의 결핍을 공유해도 괜찮다는 것도. 그런 사람이 더 건강하고 강인한 사람이라는 것도.

그건 내가 힘들 때나 부족할 때나 변함없이 나를 사랑해 준 가족들 덕분인 것 같다. 내가 나의 약점을 드러냈다고 해서, 그 약점을 파고들어 나를 공격하지 않을 거라는 그들과 함께 하는 세상은 안전하다는 믿음이 생겼기 때문이다. 밖에서 공격을 받았더라도 상처받지 않을 단단함이 생긴 것도, 나의 부족함과는 상관없이 나를 아껴 줄 사람이 있기 때문이다. 더 나아가서는 너라면 나에게 상처 주어도 괜찮다고 말할 수 있을 정도로 누군가를 사랑했기 때문이다. 당신에게도 있을까? 당신에게 상처 주어도 괜찮은 사람이?

중요한 건 오늘 실패했다는 게 아니라,
그것을 당신이 내일도 기억하느냐이다.

우리는 평생 우리가 누구인지 공부하며 살아간다.
그만큼 자신에 대해 잘 알기가 어렵기 때문이다.

"핑키 오빠, 방울이는 오빠가 이번에 수집한 우표가 마음에
든대."

"해노야, 방울이 언니가 지난번에 같이 안 놀아 줘서 미안
하대."

어릴 적 우리 삼남매는 함께 쓰는 공용 일기장에 이런 글을 남
겼다. 웃기게도 우리는 현실의 가족 관계와는 반대의 애칭을 사
용하고 있었다. 제일 막내인 남동생은 핑키, 둘째인 나는 방울이,
언니는 해노였다. 내가 가장 많이 가지고 놀던 인형의 옷에 큰 방
울이 달려 있어서 내 이름은 방울이가 되었다. 그리고 하고 싶은

얘기를 인형의 입을 빌려서 하기도 했다. 인형의 일기를 쓰기도 하고, 동생에게 전하는 메시지를 적기도 했다. 놀이를 하는 것이 야 어린아이들에게 흔한 일이었지만, 우리는 작은 노트에 늘 글을 끼적이면서 놀았다. 아버지는 KBS 보도국 기자였기에 언제나 작은 수첩을 가지고 다녔다. 아버지는 무언가를 적는 일을 중요하게 여겼고, 우리도 자연스럽게 아버지를 보며 메모하는 습관을 들였다. 우리는 200자 원고지 대신 스프링이 달린 작은 노트를 가지고 놀았다.

메모하는 습관은 쭉 이어졌다. 학창 시절에도 요점 정리를 잘해서 내 노트는 공부하는 친구들 사이에서 인기를 끌었다. 회사에 와서는 자료를 정리하고 견출지를 붙여 분류하는 습관이 덧붙여졌다. 몇십 년이 지난 지금까지도 나는 매일 노트에 무언가를 끼적인다. 메모는 나의 가장 오래된 습관이다. 또한 내가 가장 자랑스러워하는 습관이기도 하다.

메모를 하다 보면 아이디어가 자연스레 떠올랐다. 현대인이 하루에 접하는 정보의 양은 100년 전에 살던 사람이 일 년 동안 접하는 정보의 양보다 많다고 한다. 하루 동안 내게 들어오는 정보가 넘쳐난다. 아침에 일어나 금리가 올랐다는 경제 뉴스를 보기가 무섭게, 친구에게 곧 홍콩에 온다는 카톡이 온다. 메일함에는 카카오 콘텐츠 크리에이터에게 보내는 편지가 왔다는 알람이 뜬다. 결재해야 할 서류가 산더미다. 하나의 생각에 골몰하거나, 가만히 앉아 오늘의 날씨를 만끽할 여유는 많지 않다. 늘 바쁘게 살다 보니 사업상 좋은 아이디어를 별도로 짬을 내어 구상할 시간을 따로 내기 쉽지 않다.

그럴 때면 나는 메모장을 펼친다. 차를 마시면서 불현듯 떠오른 좋은 생각, 길을 걷다 재밌다고 생각해 적어 둔 아이디어, 자기 전에 졸음에 취해 끼적인 낙서까지. 그런 메모를 보다 보면 새로운 아이디어가 떠오르기 때문이다.

가끔 거래처 고객들이 내게 제품에 대한 좋은 아이디어가 없냐고 묻는다. 그럴 때면 난 메모장을 펼친다. 13년 전이었을까? 그때도 고객의 제안으로 메모장을 뒤적거린 적이 있었다. 메모장에는 후배에게 연락이 왔던 에피소드가 적혀 있었다. 일을 빨리 끝내서 회사에서 잠깐 졸았는데, 문서 위에 얼굴을 대고 잤더니 자국이 얼굴에 남았다는 이야기였다. 당시에는 그냥 재밌어서 적었던 것 같은데 그 메모를 보니 문득 이런 생각이 떠올랐다. 앉아서 쪽잠을 잘 수밖에 없을 때, 자국이 안 남게 하는 쿠션은 없을까? 후배뿐 아니라 책상에서 낮잠을 자고 싶은 학생이나 직장인들이 또 있지 않을까?

지금은 보편적으로 쓰이는 소재지만, 그때만 해도 말랑말랑한 일본의 모찌 솜이 인형이나 완구에 널리 적용되지 않았다. 나는 인형에 모찌 솜을 넣는 아이디어를 냈다. 책상에서 엎드려 잘 때 편하도록 인형 안에는 손을 끼울 수 있게 공간을 두었다. 화장한 사람도 편히 잘 수 있도록 립스틱 방지용 커버도 씌우자고 했다. 이 제품이 한동안 히트를 쳤다. 후배의 이야기에서 탄생한 제품이었다.

내가 하는 일이 IP(Intellectual Property)와도 상관이 있다 보니 기존에 한 메모가 업무에서 빛을 발할 때가 많다. 메모를 보고, 아이디어를 분류하고, 순서를 정하고, 그걸 다시 정제된 언어로 정리하다 보면 아이디어가 떠오른다. 어떤 아이디어와 어떤 아이디어를 접목해야 할지, 어떤 일과 어떤 일을 함께 처리하면 좋을지 영감이 온다.

가끔은 한국의 연예 기획사와 일본의 연예 기획사를 연결시켜 주고, 거기서 나오는 굿즈를 독점으로 제작 및 제공해서 나만의 업무 역량을 보여 줄 때도 있다. 한국과 일본의 사정을 잘 알지 못했더라면, 평소 메모를 통해 각자의 니즈를 파악하지 못했더라면 생각해 내지 못했을 아이디어니 이것 역시 꾸준한 메모의 힘 중 하나이다. 남들이 다 할 수 있는 일보다는 어느 정도의 진입 장벽이 있어서 나만이 할 수 있는 일을 하는 게 좋았다. 그것이 지금까지 내가 살아남은 경쟁력이다.

메모는 급한 순간에 문제를 해결할 때도 도움이 되었다. 사회생활을 하다 보면 결국 삶은 문제 해결의 연속이구나 싶다. 특히 나는 일상적인 일보다는 문제가 생겼을 때 수습해야 할 일이 많았다. 오퍼가 너무 높다며 좀 낮춰서 조절해 달라거나, 납기를 조금 더 앞당겨 달라거나, 기한이 촉박한데 며칠 사이에 샘플을 완성해 달라거나 하는 식이다. 대표는 그런 일도 해야 하는 사람이니까. 그러나 직원들이 하는 실수는 크게 다르지 않다. 주문이 잘못 들어갔다거나, 배송을 잘못 처리했다거나, 숫자를 잘못 기입했다는 식이다. 반복되는 문제가 생길 때마다 새롭게 해결 방법을 찾으려고 하는 건 비효율적이다. 이전에 그런 문제가 있었을 때 어떻게 대처했는지 찾고, 이전 사례를 참고해서 대응하면 수월히 지나갈 수 있다. 나는 그럴 때면 메모를 뒤적거렸다. 지난번 주문 오류는 어떻게 해결했는지, 직원의 인사 사고는 어떻게 처리했는지가 메모장에 다 있다. 후에는 아예 사례집을 만들었다. 문제가 생긴 직원이 나를 찾지 않고도 사례집을 보면서 먼저 해결을 도모해 볼 수 있기 때문이다.

메모는 개인적으로 생기는 급한 일에서도 내가 당황하지 않고 대처할 수 있게 해 주는 힘의 근원이 되었다. 국제 학교에서 급하게 특강을 요청한 일이 있었다. 강의 자료를 준비할 시간도 넉넉하지 않았다. 나는 메모를 뒤적거려 평소 학생들에게 해 주고 싶었던 메시지를 뽑았다. 아이들이 좋아한다는 음악을 다운로드 하고, 취향에 맞춘 쿠키도 준비했다. 아들 둘의 취향에 대한 메모를 사전에 해 두었기에 가능한 일이었다.

나 자신을 찾아갈 때도 메모가 도움이 되었다. 좋아하는 일을 하는 즐거움에 대해서 이야기할 때, 몇몇 사람들은 이렇게 되물었다.

"내가 좋아하는 일이 무엇인지 어떻게 아나요?"

자기가 무엇을 좋아하는지 알기 위해서는 어떤 일을 먼저 해 보아야 하고, 그 과정에서 자신이 느낀 것을 잘 관찰할 줄 알아야 한다. 우리는 평생 우리가 누구인지 공부하며 살아간다. 그만큼 자신에 대해 잘 알기가 어렵기 때문이다. 그럴 때 메모는 헨젤과

그레텔에서 그들이 흘린 빵 부스러기가 되고, 아리아드네 실의 끝자락이 된다. 자신이 끼적거린 메모를 들여다보면 자기가 무엇에 흥미를 가지는지 알게 된다.

나는 어릴 때부터 스토리텔링에 관심이 많았다. 인형 놀이를 하면서 이야기를 만들었고, 인형의 일기를 쓰면서 캐릭터 서사를 구성해 나가는 걸 즐겼다. 시간이 지나고 메모를 다시 보지 않았더라면 무심히 지나쳤을 수 있다. 같은 길을 가더라도 사람에 관심이 많은 사람은 거리에 지나간 사람들을 기억하고, 건물에 관심이 많은 사람은 건물의 모양을 기억한다. 그 둘의 메모는 같은 길을 걸었더라도 전혀 다를 것이다. 메모를 분석하면, 자신이 보인다.

나는 메모를 할 뿐만 아니라 주변 사람과 잘 나눈다. 매일 아침 경제 뉴스를 보고 주요 뉴스를 요약, 스크랩해서 나를 중심으로 모인 '신디사이저CindySizer'라는 오픈 채팅방에 공유한다. 나는 그들에게 늘 말한다. 그렇게 10년을 하다 보면 경제를 보는 눈이 생기게 될 거라고, 나를 믿고 한번 해 보라고 권한다. 투자 노트를 쓰면 돈을 감정적으로 대하거나, 친구의 부탁에 못 이겨 투자하거나, 주변의 얘기를 귀동냥해서 주식을 사서 실패하는 투자

오류를 범하지 않게 된다. 적어 두지 않으면 내가 운이 좋아서 투자를 잘한 건지, 분석을 잘해서 투자를 잘한 건지 파악하기 어렵다. 혹은 기억하더라도 자기가 좋은 식으로 해석하게 될 수도 있다. 투자 노트를 쓰면 나를 객관적으로 평가할 수 있게 되고, 실패를 반복하지 않게 된다. 메모를 통해 조금씩 앞으로 나아가는 셈이다. 몸의 근육, 마음의 근육도 중요하지만, 투자의 근육을 키우는 것도 중요하다. 운동처럼 반복을 통해서만 가능하다. 연습하고 또 연습하는 것이다.

아무도 보지 않는 메모를 꾸준히 쓰는 게 어렵다면 인터넷 플랫폼을 이용해도 좋다. 인터넷에 기록이 남으니 메모를 보관하기도 쉬웠고, 그때그때 다시 읽기에도 편했다. 메모의 힘은 십 년이 지나서야 돌아온다. 메모뿐일까?

모든 습관의 힘은 지금이 아니라 미래의 나를 위한 적금이다. 지금의 실패를 메모하면, 내일의 성공의 발판이 된다. 중요한 건 오늘 실패했다는 게 아니라, 그것을 당신이 내일도 기억하느냐이다.

이 글을 읽은 당신에게 어떤 감상이 생겼다면, 메모지를 꺼내고 펜을 쥐어 보라고 권하고 싶다. 지금 당신은 무슨 생각을 하고

있는가? 오늘은 어떤 메모를 남길 수 있을까? 그 메모가, 당신에

게 언제 어떤 모습으로 다시 찾아올까?

온전히 두 사람이
주인공이 되는 홍콩의 결혼식

의식도 중요하지만, 어떤 방식으로 함께 하든
그보다 중요한 것은 두 사람의 진심일 것이다.

코로나 팬데믹이 시작되기 전에 호텔 하얏트에서 열린 지인
의 딸 결혼식에 다녀왔다. 한두 시간 안에 끝나는 한국 결혼식과
는 달리, 홍콩 결혼식은 낮부터 밤까지 종일 진행된다. 결혼 당
사자가 온전한 주인공이 되는 생에 한 번뿐인 화려한 축제다. 괴
테는 말했다. 결혼만큼 본질적으로 자기 자신의 행복이 걸려 있
는 것은 없다고. 그런 의미에서 결혼 생활은 진짜 연애의 시작이
라고. 그러니 그런 시작을 알리는 세레모니는 응당 화려해야 하
지 않을까?

노란색 드레스를 맞춰 입고 한껏 멋을 부린 들러리들을 보며,

다시 등장할 때마다 우아한 드레스를 바꿔 입는 신부에게 박수를 보내며, 나는 옛날 나의 결혼식을 떠올렸다. 홍콩의 결혼 문화가 한국의 그것과 얼마나 다른지 새삼 느끼게 되었다.

한 달 전, 직원이 내민 청첩장에는 케이크 교환 상품권이 함께 들어 있었다. 한국에서는 청첩장을 줄 때 봉투 안에 초대장 외에 다른 것을 넣지 않는다. 반면 홍콩은 청첩장 안에 초대장과 함께 작은 선물이 함께 들어 있다. 빨간 봉투 안에는 소정의 돈이 들어 있기도 하고, 케이크 교환권이 들어 있기도 하다. 현금은 보통 홍콩 돈으로 20불에서 50불, 우리나라 돈으로 3,000원에서 8,000원 정도를 넣는다.

물론 100불 이상 넣는 경우도 많다. 케이크 교환권 가격은 약 3만 원 정도니 그런 청첩장을 받은 후에 결혼식에 참여하지 않기는 쉽지 않다. 또 하나, 이 쿠폰이 의미하는 것은 나를 초대한 대상이 신부 쪽이라는 것을 의미한다. 신랑 쪽에서는 아무것도 넣지 않는다.

나는 초대장을 열어 결혼식이 어디서 열리는지 확인했다. 결혼식이 열리는 장소를 확인하는 건 '얼마나 좋은 데서 하는지 한번 볼까?'라는 마음보다는, '얼마의 성의를 보이는 것이 예의를 갖추는 일일까?'를 확인하는 것에 가깝다. 속물적인 마음이라기보다는 말하지는 않지만 암묵적으로 공유하고 있는 우리만의 문화를 해독하는 일이다. 홍콩에서는 어려웠던 시절, 결혼식에 참여하는 하객들이 자신의 밥값을 자신이 냄으로써 결혼식 당사자들의 부담을 덜어 주는 문화가 있었다. 그것이 지금까지 이어져서 호스트가 자리를 마련하면 게스트는 자신의 밥값에 해당하는 돈을 축의금으로 낸다.

중식이면 10인석 한 테이블당 잔치 값은 6,000~10,000불이니까 적당히 800불 정도를 넣는다. 만약 호텔이면 인당 식사비가 1,000불은 나올 테니 축의금은 여기서 가감한다.

물론 페닌슐라나 하얏트 같은 호텔에서 결혼하는 커플들도 있지만, 교회나 성당, 정부 시설 등에서 식을 올리는 사람도 많다. 특히 홍콩의 레이위문Lei Yud Mun 항로가 내려다보이는 차이완Chai Wan의 레이위문 파크Lei Yue Mun Park and Holiday Village는 인기다. 홍콩이 영국령이던 시절에 영국 군대의 예배당으로 쓰이던 건물이다. 예배당 뒤의 아름다운 경치 덕분에 결혼식 사진도 아름답게 나온다. 4시간 대여 비용이 홍콩 돈으로 3,000~4,000달러, 우리나라 돈으로 약 50만 원에서 70만 원 사이로 저렴하다. 일 년 전부터 대기해야 겨우 결혼식을 올릴 수 있다고 한다.

당일 결혼식은 오후 3시부터 시작되었다. 도착하면 신랑 신부가 하객으로부터 멀리 서 있고, 하객이 신랑 신부에게 걸어가는 길 좌우에는 꽃으로 장식된 스탠드가 길게 늘어서 있다. 꽃길을 걸어 신랑 신부에게 축하를 전하며 사진 촬영을 했다. 바로 결혼식장으로 들어가는 것이 아니라, 식이 시작되기 전에 마작이나 보드게임 등을 하거나, 칵테일을 마시면서 담소를 나누다가 6시가 되면 연회장으로 들어가게 된다. 내 이름이 적혀 있는 테이블에 앉으니 옆에는 결혼식에 나를 초대한 지인과 내가 동시에 아는 사람들이 앉아 있었다. 테이블 위에는 모든 사람이 가질 수 있도록 초콜릿 하나, 컵 받침, 꿀과 잼이 선물로 준비돼 있다. 우리나라에서는 결혼식장에서 가족석 외에는 자리를 지정해 주지 않지만, 홍콩에서는 호텔 결혼식의 경우 사전에 사람들의 관계를 고려해 자리를 정해 준다.

가끔 함께 앉기 싫은 사람이 있으면 미리 알려 달라고 묻기도 한다. 자연히 같은 테이블에는 사이가 좋은 사람들끼리만 앉게 되고, 그러다 보니 결혼식이 시작하기 전까지 화기애애하게 시간을 보낼 수 있다. 테이블에 앉은 한 지인이 반가운 체를 하며 물었다.

"이렇게 좋은 호텔에서 결혼하는 걸 보니 두 집안이 상당한가 봐. 신부 측에서 지참금도 많이 받았겠다."

홍콩에서는 결혼할 때 신랑 쪽에서 신부 집안에 지참금을 주는 문화가 있다. 영어로는 신부 값Bride Price로 번역되는 '차이리'는 신랑이 결혼을 보장받는 조건으로 신부 집안에 주는 금품이다.

홍콩에서는 지참금 숫자에도 의미를 부여한다. 결혼식은 둘이 함께 하는 것이기에 1, 3, 7 같은 홀수 단위 축의는 지양한다. 또한 홍콩에서 사망을 뜻하는 4와 7도 금기다. 하여, 지참금은 보통 20,000달러, 60,000달러, 80,000달러, 100,000달러, 가끔은 88,888 달러로 준다.

중국 농촌에서는 남아 선호 사상이 강해 여성이 점차 줄어들면서 차이리 가격이 20만 위안까지 뛰어 문제가 되기도 했다. 홍콩 사례는 조금 다르지만, 지참금 문화가 없는 우리나라에서는 '돈 받고 딸을 파는 거 아냐?'라고 오해하기 쉽다. 그러나 이 돈은 예물의 의미가 크다. 지참금도 부모 주머니에 들어가지 않고 결국 딸의 결혼 준비에 쓰인다. 지참금으로 신혼집의 이불이나 가전제품을 사는 것이니, 신랑 입장에서도 그리 억울할 것은 없다.

지인들과 이야기를 나누다 보면 7시 즈음 본격적으로 식사가 시작된다. 그전에 신부는 한 번 더 드레스를 갈아입고 가까운 사람들과 사진을 찍는다. 신부를 따라 예쁘게 꾸민 들러리들이 그녀를 따라다녔다. 홍콩은 영국령이었기에 들러리 문화가 남아 있다. 들러리들은 신부 옷을 챙겨 주거나, 옷 갈아입는 걸 도와주거나, 테이블 위에 선물을 세팅하는 걸 도와준다. 남자 들러리는 무거운 짐을 들어 준다. 여자 친구들끼리 같이 드레스를 맞춰 입고, 예쁘게 화장을 하고 사진을 찍는 모습이 참 보기 좋았다. 홍콩에서는 친한 친구에게 들러리를 부탁하기도 하지만, 정말 가까운 친구에게는 '등기소에 같이 가자'라는 제안을 한다. 말하자면 혼인 신고를 하러 공공 기관에 같이 가자는 제안이다. 이 제안을 받는다는 것은 영광스러운 일이라 친구들은 흔쾌히 따라 나선다. 신랑 신부와 함께 등기소에 가면 담당 직원이 친구들에게도 하나씩 질문을 한다.

"너희도 이 결혼을 축복하니?"

결혼식 전에 공식적인 신고를 하는 증인이라고 볼 수도 있다. 등기소에 같이 가자는 제안을 받은 친구는 다른 친구들에게 자랑을 하기도 한다. 그만큼 중요한 일이다.

저녁에 시작된 식사는 10코스 정도로 길게 이어지는 만찬이다. 보통 중식이나 양식이다. 좀 더 하이클래스 결혼식일수록 한 테이블을 서빙하는 서버의 숫자가 많다. 식사를 하다 보면 세 번째로 옷을 갈아입은 신랑 신부가 등장한다. 웨딩로드를 걸어 둘이 혼인 서약을 하고, 축가를 듣는다.

우리나라처럼 주례를 세우는 경우는 많이 보지 못했다. 메인 코스를 먹고 나면 신랑 신부가 자신들이 준비한 퍼포먼스를 뽐낸다. 노래를 할 때도 있고, 준비한 사교댄스를 보여 줄 때도 있다. 세 시간에 걸친 식사가 끝나 갈 즈음이면 신부는 신랑과 친척들에게 받은 예물을 걸고 다시 등장한다. 이때 흥이 난 하객 중 일부가 빨간 봉투에 축의금을 더 넣어 던지기도 한다. 신랑 신부가 테이블을 돌면서 하객들에게 감사 인사를 하는 동안 신부의 가족들이나 친한 친구들은 앞에 나서 축사를 읊는다. 신랑 신부가 테이블에 들르면 사진작가가 따라오면서 함께 사진을 찍어 준다.

디저트를 먹을 때가 되면 식이 거의 끝나 가는 것이다. 신랑 신부는 가장 아름다운 옷을 차려입고 하객들 앞에 서서 케이크 커팅식을 한다. 신랑 신부가 커팅한 케이크는 작게 잘려 하객들의 디저트가 된다.

그날도 케이크를 먹다 보니 거의 10시가 가까워 왔다. 결혼식에 온 지 7시간이나 지난 셈이었다.

테이블에서 일어나면 신랑 신부가 감사 편지를 전해 준다. 편지 봉투 안에는 아까 함께 찍었던 사진이 들어 있었다. 그사이에 인화를 해서 봉투 안에 넣어 준 것이다. 결혼식장을 나설 때 선물도 하나씩 안겨 주기도 한다. 나는 이런 소소한 배려가 참 좋았다.

물론 모든 사람이 이렇게 긴 호텔 결혼식을 하는 건 아니다. 경제적으로 평범한 사람들은 식당에서 결혼식을 할 때도 많다. 그래도 결혼에 많은 시간을 할애하는 것은 마찬가지다. 친한 사람은 미리 가서 마작을 하며 식사 시간 전까지 시간을 보내고, 저녁 시간이 되면 빈 테이블에 앉아 식사를 하고 헤어진다. 이때는 신부도 웨딩드레스를 입지 않고 치파오를 입을 때가 많다. 이런 결혼식에서는 축의금보다는 선물이 선호되기도 한다. 신랑 신부를 생각하며 직접 고른 선물이 더 기억에 남기 때문이다.

홍콩의 결혼식은 한국의 결혼식과 닮으면서도 조금 다르다. 좋았던 건 그 긴 시간 동안 한 결혼식의 주인공이 온전히 신랑 신부라는 점이었다. 예식이 길다 보니 같은 테이블에 앉은 사람들끼리 대화할 시간도 많고, 그러다 보니 가족뿐 아니라 친척들과도 친해질 기회도 많다. 가끔 우리나라 결혼식이 시간에 쫓겨 허겁지겁 진행되는 걸 볼 때면 홍콩의 결혼식이 그리워지기도 한다.

코로나 팬데믹 이후, 홍콩의 결혼 문화도 많이 바뀌었다. 동거부터 시작한 커플도 많고, 등기 신고만 하고 결혼 비용을 아껴 집을 사는 데 보태는 커플도 많이 보았다. 의식도 중요하지만, 어떠한 방식으로 함께 하든 그보다 중요한 것은 두 사람의 진심일 것이다. 톨스토이는 결혼에 대해 이렇게 말했다.

"결혼을 신성하게 할 수 있는 것은 오직 사랑이며, 진정한 결혼은 사랑으로 신성해진 결혼뿐이다."

똑같은 파도는 다시 오지 않는다

나는 오늘도 파도를 기다린다.
어제와도 같지 않고, 내일과도 다를, 오늘만 치는 파도다.

홍콩에서는 어디서 서핑을 할 수 있을까? 구불구불한 산길이 마치 용의 등을 닮은 드래곤스 백이라는 하이킹 로드를 지나면, 푸르른 바다를 만날 수 있다. 홍콩 서핑의 발상지라는 빅 웨이브 베이Big Wave Bay에 가서 시원하게 파도를 가른 뒤 펍에서 맥주 한잔을 즐기기에 좋다. 나도 가끔 바다에 나간다. 래시 가드를 입고 보드를 든 채로 해변에 나서지만 언제나 서핑하기 좋은 파도를 만나는 건 아니다. 하늘은 맑고 뜨거운데 아무리 기다려도 바람 한 점 불지 않아 파도를 구경도 못하는 때도 있고, 찌뿌둥한 날씨가 바람을 불러올 법도 한데 바다는 고요할 때도 있다.

운이 좋아 파도가 좀 치는 날이면 이제 중요한 건 '파도를 고르는 눈'이 된다. 어떤 파도가 타기 좋은 파도일지, 패들링의 속도를 어떻게 맞춰야 할지, 바다와 교감을 하는 법을 배운다. 물론 서핑도 하다 보면 늘지만, 어느 파도든 탈 수 있다고 자만하는 순간 보드에서 고꾸라지기 십상이다. 지난번에 탔다고 해서 이번 파도도 탈 수 있으리라는 보장은 없다. 똑같은 파도는 절대 오지 않기 때문이다.

서핑은 삶을 닮았다. 그래서 서핑은 취미가 아니라 라이프 스타일이라는 말도 있다. 삶의 대부분은 운이 결정한다는 것도, 기회를 얻었을 때 머뭇거리거나 서두르지 말고 정확한 타이밍에 자신을 내맡길 줄 알아야 한다는 것도, 완벽히 좋은 일이나 나쁜 일이 없다는 것도 그렇다. 서핑을 하면서 깨달았다고 생각하지만 삶에 적용했을 때는 또 다르다. 내가 이룬 것들 앞에서 교만하지 말아야 한다는 것, 그걸 알면서도 한 번 미끄러진 적이 있었다. 내가 식품업에 발을 담갔을 때다.

라이딩을 통해 만난 지인 A는 홍콩에 식품을 수출하고 싶다고 자문을 구했다. 한국에 식품 공장도 잘 알고 있고 사업 계획도 탄탄하다고 자부했다. 그때만 해도 홍콩에서 사업을 하고 싶다는 사람이 자문을 구하면 입 아픈 줄도 모르고 오랜 시간 조언을 해주고는 했다.

"그런데 신디 님. 사업에 대해 잘 아시잖아요. 이 사업 함께 해 보시지 않을래요?"

"제가요? 저는 식품에 대해서는 잘 몰라요. 홍콩과 사업에 대해서 알 뿐이죠."

"투자만 하시면 어때요? 한국에서 번 돈은 한국 통장으로 넣어 드릴게요. 신디 님도 매번 환전하고 송금하는 거 귀찮지 않았어요?"

그가 내게 조언을 구한 것이 한 번, 두 번, 세 번. 도움을 주려고 시작했던 미팅은 언젠가부터 투자 설명회 비슷한 것이 되었고, 나는 얼결에 투자자이자 컨설턴트로서 사업의 동반자가 되었다.

내 사업을 잘 운영하고 있었기에 새로 시작하는 사업도 잘할 수 있을 것 같았고, 무엇보다 작은 욕심에 잠시 눈이 멀었다. 그때나 지금이나 나는 부모님의 생활비를 꾸준히 부쳐 드리고 있었는데, 한국에서 수익이 생기면 그 돈으로 부모님을 봉양할 수 있겠다 싶었다. 사기당하기 쉬운 사람은 욕심이 있는 사람이다. 욕심은 당연한 것을 보지 못하게 만든다. 당연한 것이 뭐냐고? 그 사람과 나는 아주 잘 아는 사이는 아니라는 것. 나는 식품 산업에 대해 아무것도 모른다는 것. 무엇보다 그건 내가 좋아하는 산업이 아니라는 거였다.

투자자라고 해도 누군가의 사업에 개입할 때는 개인적 관계와 상관없이 명확한 기준을 정해야 한다. 그러나 킥오프 미팅 때 사업 운영에 대한 전반적인 합의를 이끌어 내지 못했다. 서로에 대한 막연한 기대만 가진 채로 우리는 삐걱거리며 앞으로 나아갔다. '좋은 사람이니까'라고 막연히 믿어 버렸다. 출자금은 어떻게 사용할 건지, 직원을 쓸 것인지, 홍콩 수출을 위한 서류 처리는 누가 어떻게 할 것인지 결정하지 않은 채로 어영부영 사업이 시작되었다. 수출 아이템은 꼬마 김치, 만두, 홍삼 캡슐, 냉동 면 같은 것들이었다.

처음에는 그가 모든 것을 다 맡아서 하고, 나는 투자를 하고 홍콩의 에이전시를 소개해 주면 되는 것으로 알고 시작을 했다. 단순히 물건을 보낸다고 이곳에서 팔 수 있는 게 아니다. 홍콩의 공장 감사 팀이 물건을 내보내는 한국 공장에 감사를 가야 하기도 하고, 받아야 할 인증 서류도 여럿이다. 나는 내 현업도 충분히 바빴기 때문에 이 일을 하고 싶어 하는 에이전시를 소개해 주면 되겠다고 생각했다. 그러나 그 에이전시 역시도 나에게 좀 더 도와 달라고 매달리기는 마찬가지였다.

그러던 중 나에게 식품 산업을 제안한 A가 법인 통장에 손을 대고 있다는 걸 알게 되었다. 사업을 제대로 시작하기도 전에 내 동의 없이 투자금의 일부를 떼어 내서 생활비로 썼고, 후에는 월급이라 얼버무렸다. 상의 없이 임의로 자기 사무실을 내고 직원을 고용했으며 투자금에서 직원의 월급이 나가고 있었다. 알고 보니 그는 식품업에 대해 거의 아는 것이 없었다. 내가 사람을 너무 쉽게 믿었던 걸까? 내가 돈이 많아 보였나? 그때 그를 향한 신뢰가 무너졌다.

내부 사정과는 상관없이 생각보다 제품 반응이 좋았다. 여러 곳에서 재주문이 들어왔고, 마침내 홍콩의 대형 마트에서도 우리 식품을 만날 수 있었다. 홍콩의 웰컴이라는 대형 마트와 콜라보해서 컨테이너째 제품이 들어오는 걸 지켜봤다. 말하자면 이마트의 노브랜드처럼 대형 마트의 이름을 걸고 제품을 내보내는 셈이었다. 식품 업계에서는 완전히 초보인 내가 첫 시도부터 대박을 터뜨렸다며 '식품 업계의 신데렐라'라는 말까지 들었다.

사업이 갑자기 커지다 보니 좋기보다는 당황스러웠다. 갑자기

터지는 사고를 예방할 수도, 제대로 조치할 수도 없었다. 그런 일까지 내가 도와줘야 할 거라고 생각하지 못했기 때문이다. 식품업의 특성 때문에 벌어지는 일을 나나 그나 제대로 대처하지 못했다. 냉동, 냉장 보관 식품은 운송할 때도 냉동 컨테이너를 사용해야 했고 육로로 이동할 때도 냉동차를 써야 했다. 그러다 물류 사고가 나면 제품을 모두 버려야 했다. 게다가 유통 업계의 지불 특성 때문인지 물건을 판다고 내가 대금을 바로 받는 게 아니었다. 판매에서 입금까지 걸리는 시간은 보통 90일. 반년만 지나도 10억이라는 거금이 바닥에 깔리는 셈이었다. 반년 후에 10억을 회수한다고 해도, 물가 상승으로 그때의 10억은 이미 10억의 가치를 하지 못했다. 돈이 들어와도 이런 식으로 돈이 나갔기에 손에 쥐는 게 보이지 않았다. 나는 이런 상황을 모르고 그에게 투자를 한다고 했다. 사건이 터져도 나는 이미 다른 회사의 CEO였기에 내가 얼굴을 드러내서 사건을 직접적으로 수습할 수도 없었다. 좋아하는 사업이었다면 달랐을지 모르겠다. 그러나 자주 터지는 사고를 막느라 나는 점점 지쳐 갔다.

식품업은 그사이에도 경쟁이 점점 치열해졌다. 홍콩에 진출한 한국 기업들은 과열 경쟁을 하느라고 제 살 깎아 먹는 일이 잦다.

1992년에 홍콩에서 먹었던 일본의 딸기 가격과 현재의 딸기 가격은 거의 차이가 없다. 일본은 가격 경쟁을 하는 대신 품질 경쟁을 한다. 그러나 한국의 딸기 가격은 맛이 있음에도 불구하고 일본 딸기에 비해 제값을 받지 못한다. 가격 경쟁 때문이다. 비슷한 일이 우리가 하고 있는 분야에서도 일어나고 있었다. 더 낮은 가격으로, 더 좋은 조건으로, 경쟁사들은 우리의 자리를 노리고 들어왔다. 할인에 의해 끌려오는 고객은 충성 고객이 아니고, 그들을 잡기 위해서는 더 싼 가격 외에는 답이 없다. 이런 가격 경쟁에서는 결국 인프라나 자본을 갖춘 기업만 살아남는다.

고객이 아니라 팬을 만들어 내는 걸 선호하는 내게, 가격 경쟁없이 살아남기 힘든 식품 산업은 맞지 않았다. 애정 없는 일에 노동 강도까지 더해지다 보니 나는 결국 중간에 손을 들었다.

잘 알지도 못하는 사람을 도와주겠다고 오지랖을 부리다가 중간에 포기한 건 나였으니 그로 인한 손실도 내가 보전할 수밖에 없었다. 큰 손해를 보았지만, 레슨비라고 생각한다. 그 후로 나는 누가 홍콩에서 사업을 하고 싶다고 자문을 구하면, 내 시간을 헐어 주기 전에 질문부터 한다. 정말 내가 필요해서 묻는 것인지, 그업계에서 5년 이상의 경력이 있는지, 5년 후에도 그 사업을 하고 있을 것인지 말이다.

오랜 기간 한 사업에 종사하다 보니 나도 모르게 시야가 좁아졌나 보다. 혹은 자만했거나. 똑같이 볕이 좋은 날이어도, 바람이 살랑이는 날이어도, 다른 파도가 올 수 있다는 걸 깜빡했다. 기존에 사업을 잘하고 있었기에 이번 사업에서도 잘 적응할 수 있을 거라 생각했다. 사람은 상대나 상황에 따라 변할 수 있는 존재라는 것도 배웠다. 번지르르한 말만 믿는 게 아니었는데. 어린 왕자 소설에서도 나오지 않나. 말이 아니라 행동으로 판단했어야 했다고.

나는 오늘도 파도를 기다린다. 어제와도 같지 않고, 내일과도 다를, 오늘만 치는 파도다. 어제 파도를 잘 탔다고 해서 오늘도 잘 탈 거라는 원칙은 없다고 스스로에게 말한다. 최선을 다해 타 보자. 오늘 치는 파도는 내가 인생에서 만날 수 있는 딱 한 번의 파도니까.

리추얼의 힘

지루함에 아름다움을 불어넣기 위해 나는 리추얼을 만든다.
아름다움에는, 형식이 필요하다.

무라카미 하루키의 책 〈해변의 카프카〉에서 오시마상은 이렇게 말한다.

"인간은 이 세상에서 따분하고 지루하지 않은 것에는 금세 싫증을 느끼게 되고, 싫증을 느끼지 않는 것은 대개 지루한 것이죠."

책을 읽으며 이 문장에 줄을 쭉 그었다. 일상적이고 반복적인 일은 싫증이 나지 않지만 그리 특별하지 않다. 삶에서 루틴을 중요하게 여기는 내게는 그런 반복적인 일이 많다. 아침에 일어나면 물을 크게 한 컵 마신다. 그리고 강아지에게 손을 앞으로 쭉 뻗

으며 해피한 에너지 파장을 보낸다. 강아지에게 사랑을 전하는 나만의 의식이다. 커피를 내리며 경제 뉴스를 보면서, 100명이 있는 나의 오픈 채팅방, '신디사이저'에 따뜻한 아침 인사를 건넨다. 네스프레소 커피 머신의 소리가 경쾌하다. 부드러운 벨벳처럼 그윽한 향이 거실을 가득 채운다. 각 나라의 뉴스를 듣고 글로 정리한 후에 짧은 명상과 같은 기도를 한다.

이런 하루가 계속 이어진다. 일주일. 한 달. 일 년. 십 년. 어제와 같은 오늘, 오늘과 같은 내일 덕분에 삶이 수월해질 때도 있다. 반복을 통해 습관을 만드는 일은 일상의 에너지를 덜어 내는 일이기도 하지만, 삶의 순간순간을 무심히 흘려보낸다는 단점도 가지고 있다. 일 년에 한 번 일어나는 일이라면 우리는 숨을 고르고, 그 순간을 기억하기 위해 애쓸 것이다. 2022년 2월 22일, 22시 22분은 단순히 '드물다'라는 점 때문에 기념의 순간이 되기도 했다. 그러나 쳇바퀴 돌듯 동일한 일을 한다면 하루하루가 일상처럼 흘러간다. 강아지에게 인사를 하는 일, 경제 뉴스를 듣는 일 등이 그렇다.

우리 삶에 몇 번의 순간이 그렇게 특별할 수 있을까? 삶을 특별하게 만드는 건 남들과 다른 순간을 만들어 내는 능력에서 나오는 것이 아니라, 같은 일상을 특별하게 느끼는 감수성에서 나온다.

루틴을 만들면서도 순간의 아름다움을 기억할 수는 없을까? 지금 이 순간을 더 아름답게 박제해 두는 방법은 없는 걸까?

그래서 나는 리추얼을 만든다. 리추얼은 절차와 과정에 의미를 부여하는 의례적 행위라는 뜻이다. 결혼식, 장례식, 생일 파티, 제사 같은 것들이 대표적인 리추얼이지만, 개인적으로 혼자 행하는 소소한 기념 행위도 리추얼에 든다. 오래 만난 커플이 해마다 둘이 처음 만난 날을 기념하기 위해 광화문 광장에 가 사진을 찍는다면 그것도 리추얼이다. 혼자 취업을 축하하며 자취방에서 환희의 춤을 춘다면, 그것도 리추얼이다.

나는 삶의 많은 순간을 리추얼로 만든다. 음악 감상을 할 때도 그렇다. 지금 우리 집에는 사운드가 훌륭한 스피커가 있지만, 사실 내가 더 좋아하는 건 LP를 올려놓을 수 있는 오래된 턴테이블이다.

여유가 될 때면 홍콩의 삼수이포 뒷골목에 LP를 사러 돌아다닌다. 밥 딜런, 마리아 칼라스, 베토벤 희귀판 등 장르도 다양하다. LP는 오래된 것이라도 보관만 잘 해 두었으면 괜찮다. 오히려 그게 큰 매력이 된다. 잘 닦아 둔 LP를 재킷에서 바로 꺼내 가운뎃손가락과 엄지손가락만을 이용해 가볍게 헤드셸을 들어 올려 플래터 위에 놓는다. 습관이 되면 그냥 내려놓아도 정확히 LP를 올려둘 수 있다. LP 특유의 음감을 내며 판이 돌아가면 나는 완전히 몰입한다.

"LP로 듣는 건 너무 번거롭지 않아?"

"굳이 턴테이블을 왜? 스포티파이랑 애플 뮤직 좋아하잖아. 모아 둔 CD도 많고."

그렇게 묻는 친구들도 있다. 손가락만 두어 번 치면 마리아 칼라스가 살아 돌아온 것 같은 공연을 들을 수도 있을 것이다. 사실 사운드로만 치면, 애플 뮤직에서 바로 KEF 스피커를 통해 전송되기 때문에 정말 훌륭하다. 그러나 음악 감상에 필요한 건 가장 좋은 음질 뿐만은 아니다. LP를 고르기 위해 홍콩 골목을 헤매던 순간, LP판을 손가락으로 한 장 한 장 넘기며 신중히 곡을 고르는 행위, 턴테이블에 LP를 올리고 정확한 트랙을 찾는 의식이 모두 중요하다. 그 의식 덕분에 나는 음악에 온전히 몰입할 수 있다. 리추얼은 음악에 개인적인 스토리를 입힌다. 나의 행위에 의미를 부여한다.

"가성비가 중요하지."

"허례허식은 집어치웁시다. 본론만 말하죠."

"의식? 인사? 단도직입적으로 내용만 깝시다."

요즘 리추얼이 불필요한 껍데기, 효율성을 깎아 먹는 겉치레 정도로 치부되는 것 같아 안타깝다. 사람들은 자꾸 효율과 가성비, 투입 대비 산출만을 계산한다. 밥을 요리하다 싱크대에서 대충 먹으나, 예쁜 그릇에 담아 좋은 식기로 먹으나, 배에 들어가 섞이면 똑같다고 말한다. 생일 축하 노래는 되었으니 선물 살 돈이나 보내 달라고 한다. 매해 돌아오는 기념일이니 이번에는 그냥 넘기자고 한다.

그러나 리추얼이 있는 하루와 없는 하루의 차이는 크다. 똑같이 라면을 먹어도 냄비째 먹지 않고 예쁜 그릇에 담아 토핑을 올려 먹으면, 내가 스스로를 귀히 여긴다는 느낌을 준다. 상대의 생일에 무엇을 줄지 고민하며 그 사람이 좋아할 만한 것에 대해 오래 생각하는 시간, 그 시간이 진짜 선물보다 더 소중할 때가 있다. 바이어가 선물 상점에서 대충 고른 선물 세트를 선물했을 때와, 내가 미술을 좋아한다는 걸 알고 내가 좋아하는 화가의 굿즈를 어렵게 구해서 선물했을 때를 살펴봐도 그렇다.

앞의 선물의 값이 더 비싸더라도 나의 마음은 후자에서 더 따뜻해진다. 돈이나 숫자로 환원되지 않는 가치, 삶을 더 인간답게 만드는 가치가 리추얼에 있다.

리추얼은 삶에 구조를 부여하고 삶을 안정화시킨다. 시간을 유의미하게 느껴지게 한다.

나는 여러 리추얼을 안고 산다. 글을 쓸 때는 조말론, 바이레도, 딥디크 메리지오 등의 브랜드에서 만드는 라임 바질, 로즈우드 등을 고른다. 그때 기분에 따라 다른 향을 피운다. 마음을 안정시키고 휴식하는 느낌을 주기 때문이다. 아침에 정리한 경제 뉴스는 일을 시작하기 전에 오픈 채팅방에 공유한다. 나를 중심으로 모인 멤버들과 공유하는 의식을 갖춤으로써, 스스로 규칙을 만들고 공동체에 기여하는 느낌을 준다. 예쁘게 차려 먹기 위해 플레이팅 수업을 듣고, 리추얼을 풍요롭게 만들기 위해 꽃 수업과 캔들 만들기 클래스도 듣는다.

우리에게는 숫자로 환원되지 않는 리추얼의 세계가 필요하다. 의식, 놀이, 축제가 자칫 지루하게 느껴질 수 있는 삶에 아름다움을 불어넣는다. 하루키의 소설 속 대화처럼, 어쩌면 싫증을 느끼지 않게 되는 건 대개 지루한 일이라는 말이 맞을지도 모르겠다. 그 지루함에 아름다움을 불어넣기 위해 나는 리추얼을 만든다. 아름다움에는, 형식이 필요하다.

나를 더 먼 세계로 데려가 줄 창

어떤 것을 열렬히 좋아해 본 사람의 인생은
이전의 인생과는 달라진다고 믿는다.

마크 로스코의 작품 앞에 한 시간 즈음 머물렀을까. 2월, 뉴욕
의 겨울은 추웠다. 작품 앞에서 나는 결국 엉엉 울고 말았다. 뉴욕
에 있는 휘트니 미술관에 방문했을 때였다.

매년 2월이 되면 뉴욕의 전시회 참관을 위해 출장을 간다. 도착
하면 으레 사전 예약을 한 브로드웨이 뮤지컬 몇 편을 보고 구겐
하임 미술관에 들렀다. 평론가 정도는 아니어도 그림 보는 안목
을 가지고 취미를 즐길 줄 안다는 뜻이다. 그런 내게도 이런 경험
은 처음이었다. 그림과 나의 거리 45cm. 그 사이에는 어둠뿐이었
다. 뮤지엄을 오가는 사람들의 속삭이는 듯한 대화도 겨울 파도

처럼 아득하게 밀려갔다. 그의 그림은 나를 붙들었고, 내 마음의 어딘가를 무너뜨렸다. 설명할 수 없고, 감당할 수 없는 슬픔이 밀려들었다. 마크 로스코는 생전에 이런 말을 한 적이 있다.

"내 그림 앞에서 눈물을 흘리는 사람은 내가 그것을 그릴 때 경험한 것과 같은 종교적 경험을 하는 것이다."

빈센트 반 고흐의 작품을 볼 때마다 눈물을 흘리던 나였지만, 로스코의 말대로 그건 어떤 종교적 경험이었다. 마크 로스코를 좋아하는 사람들은 그의 작품 세계를 기념하기 위해 텍사스 휴스턴에 독특한 예배당을 세웠다. 작품을 기념하는 공간이 미술관이 아닌 예배당에 생겼다는 것만으로도 그의 작품 세계가 어떤지 짐작할 수 있다. 그곳에는 종교적 상징물 대신 그의 그림이 걸려 있다. 나도 언젠가 그곳에 꼭 가 보고 싶다. 마크 로스코의 작품을 보고 하염없이 눈물을 흘렸던 그 경험 이후로 나는 더 열렬히 그림을 보고, 전시회를 다니고, 예술 책을 뒤적거리게 되었다. 전문가 그룹인 지인들은 기꺼이 나의 스승이 되어 주었다.

마크 로스코의 작품은 7개가 전시되어 있었는데, 특히 1958년 작 'Four Darks in Red'와 1954년작 'Untitled(Blue, Yellow, Green on Red)'가 내 눈을 붙들었다. 짜지 않은 맑은 눈물이 흘러내렸고,

한동안 눈물을 흘리고 나니 영혼이 맑아지는 것 같이 카타르시스가 느껴졌다. 아무것도 하지 않고 그저 작품을 바라보았을 뿐인데 내 영혼이 깨끗해졌다. 그곳에 방문할 때면 나의 지인 중에 미술을 업으로 삼은 교수님이나 작가, 평론가 등이 함께해 작품에 대한 비하인드 스토리를 들려주기도 했다. 덕분에 그림 뒤에 숨겨진 이야기까지 들을 수 있었다. 그건 그림을 이해하는 데 큰 도움이 되었다.

그림을 좋아하게 되면서 삶이 달라졌냐고? 나는 그렇다고 답하고 싶다. 무언가를 애호하는 마음이 가져다주는 삶의 풍성함을 나는 음악과 그림을 통해 알게 되었다. 아마 미술을 좋아하지 않는 사람도, 어떤 것을 즐김으로써 얻게 되는 삶의 풍요로움에 대해서는 공감하리라 생각한다.

글, 그림, 음악, 도예, 꽃, 동물. 무언가를 좋아하고 아끼는 마음은 취미, 덕질, 애호, 취향 등의 이름을 달고 오랫동안 회자되곤 했다. 누군가는 클래식을 좋아해 몇백, 몇천만 원짜리 오디오 시스템을 집에 사들이기도 하고, 또 다른 누군가는 책 수집을 즐겨 유명 작가들의 책 초판을 모으기도 한다. 어디 그뿐인가. 아이돌을 좋아하는 사람은 그의 포토 카드를 얻기 위해 같은 CD를 몇십

장씩 사 모으기도 하고, 생의 에너지를 게임에서 얻는 사람은 새로 나온 게임을 모조리 섭렵하고 강력한 아이템을 갖기 위해 시간과 돈을 기꺼이 지불한다. 어떤 것을, 특히 그림을 좋아하는 사람을 보면 나는 그가 누구인지도 제대로 알지 못한 채로 일단 반가운 마음이 든다. 좋아하는 마음이 갖는 힘을 알기 때문이다.

그러나 경제 발전이 더디어서일까? 당장의 삶이 지나치게 고단해서일까? 요즘 무언가를 즐기고 좋아하는 일이 가치 절하되는 일을 자주 듣는다. 청년들이 값나가는 커피 한잔을 즐기는 일은 'YOLO 하다 골로 간다'라는 말로 폄훼되고, 주말에 갤러리 관람객이 늘어났다는 뉴스에 '저러니 돈을 못 모으지'라는 댓글을 다는 것도 봤다. 골프를 치면 세월 좋다는 말을 듣고, 새 관찰이 취미라고 하면 한량이나 룸펜 소리를 한다. 그러나 그 사람들은 알까? 그 커피 한잔으로 인해, 그림 한 점을 보는 일요일 오후로 인해 한 사람의 삶이 완전히 달라질 수도 있다는 걸 말이다.

"로스코는 색을 가득 채운 색면 추상주의 화가죠."

사람들은 그의 작품을 보고 직관적으로 '색면 추상주의'라고 해석하고는 한다. 그러나 나는 그가 발견한 것이 색이었을 뿐, 그가 색이라는 창문을 통해 보여 주고 싶었던 다른 세계가 있다고 믿는다. 색은 그저 하나의 창이었을 뿐이다. 내게는 그림이 그런 창이었다. 그림을 통해 나는 내 삶뿐만 아니라 세계를 다채롭게 보는 방법을 배웠다.

미술을 즐기게 되면서, 출장지에서 내가 할 수 있는 일이 하나 더 늘었다. 갤러리에 가는 일이다. 출장을 오고 가는 길도 즐거워졌다. 해외 출장을 갈 때는 홍콩 회사라는 이유로 자국기인 캐세이퍼시픽을 자주 탔었지만, 한국을 경유해서 갈 때면 대한항공을 타곤 했다. 대한항공에서는 'AVOD*'을 2005년부터 선보였고, 이 기내 엔터테인먼트 프로그램을 알차게 즐길 수 있는 안내서 역할을 위해서 만든 기내 엔터테인먼트 잡지가 〈비욘드〉이다. 탑승하면 주스 한 잔과 함께 120페이지 정도 되는 이 〈비욘드〉를 훑어보며 어떤 영화를 볼까 행복한 고민에 빠지곤 했다. 비욘드에서는 영화뿐 아니라 유명 작가들의 생애에 대한 다큐멘터리도 상영해 주었다. 사업 때문에 출장이 잦았던 나는 웬만한 작가들의 삶을 다큐멘터리를 통해 알게 되었다. 내가 그림을 좋아한다는 걸 알게 된 동료나 바이어는 자신들의 나라에 출장 오는 나를 위해 특별한 전시회 초대권을 마련해 주거나, 구하기 어려운

---

* 개인용 오디오-비디오 시스템

굿즈를 선물해 주었다. 새로운 사람과 만나 할 이야깃거리도 많아졌고, 그림을 좋아하는 사람들과의 느슨한 커뮤니티도 생겼다. 삶의 길이가 길어진 건 아니지만 그 삶을 다층적으로 즐길 수 있는 면이 많아졌다. 가장 많이 달라진 건 그림을 사기 시작했다는 것이다.

그림을 전문적으로 배우지 않은 내가 사는 그림은 투자용이라기보다는 소장용이다. 그림을 오래 즐기다 보면 어떤 작품을 나의 집에 걸고 싶은지 보는 눈이 생긴다. 컬렉터들에게는 '눈으로 보고, 머리로 생각하고, 마음으로 산다'라는 말이 있다. 작품의 가격을 떠나서 나를 털썩 주저앉힐 작품을 고른다. 그 작품이 작품만으로 존재하지 않고, 나를 더 먼 세계로 데려가 줄 창이 되는가를 세심하게 숙고하게 된다. 걸작에는 영혼을 다른 세계로 실어 날라 주는 힘이 있다.

가끔 사는 것이 고되게 느껴진다. 그럴 때 추천하고 싶은 것이 무언가를 좋아하는 일이다. 어떤 것을 열렬히 좋아해 본 사람의 인생은 이전의 인생과는 달라진다고 믿는다. 애호하는 사람에게만 열리는 세계가 있다. 무언가를 좋아함으로써 새롭게 보이는 세상, 세밀한 결을 손으로 천천히 살펴야만 비로소 보이는 작은 세계가 있다. 내게는 그것이 그림이었지만, 당신에게는 그것이 음식일 수도, 재즈일 수도, 어쩌면 연극이거나 테니스일 수도 있다. 좋아하는 것에 힘껏 마음을 내어 주는 일, 그 일은 당신을 더 먼 세계로 데려가 줄 것이다.

무언가를 좋아함으로써 비로소 보이는 작은 세계